中华传统文化国粹
经典文库

名家导读版

中华寓言故事

立 人◎编
陈世旭◎导读

中国民族文化出版社
北 京

图书在版编目（CIP）数据

中华寓言故事 / 立人编；陈世旭导读 . — 北京：
中国民族文化出版社有限公司，2023.4（2024.4 重印）
（中华传统文化国粹经典文库： 名家导读版）
ISBN 978-7-5122-1561-0

Ⅰ . ①中… Ⅱ . ①立… ②陈… Ⅲ . ①寓言—作品集
—中国 Ⅳ . ① I277.4

中国国家版本馆 CIP 数据核字（2023）第 056194 号

中华寓言故事
ZHONGHUA YUYAN GUSHI

编　 者	立 人
导 读 者	陈世旭
责任编辑	王　华
责任校对	李文学
出 版 者	中国民族文化出版社　地址：北京市东城区和平里北街 14 号
	邮编：100013　联系电话：010-84250639　64211754（传真）
印　 装	三河市南阳印刷有限公司
开　 本	710mm×1000mm　16 开
印　 张	16
字　 数	228 千
版　 次	2023 年 4 月第 1 版
印　 次	2024 年 4 月第 2 次印刷
标准书号	ISBN 978-7-5122-1561-0
定　 价	29.80 元

中华传统文化国粹经典文库

品文化经典　通古今智慧

总策划

李继勇

　　策划人、出版人、北京书香文雅图书文化有限公司董事长。专业从事图书策划，儿童文学、儿童阅读推广，国内文化交流等。已成功策划"儿童文学光荣榜"系列、"爱阅读课程化丛书"系列、"文学百年·名家散文典藏"系列、"科幻文学群星榜"系列、"绘本里的世界"系列、"童诗百年"系列等多种类型出版物。

总顾问

于润琦

　　中国现代文学馆研究员、中国作家协会会员。总主编《插图本百年中国文学史》（3卷），主编《清末民初小说书系》（10卷）、《海派作家作品精选》（16册），校、注古典小说《型世言》《金屋梦》《中国古典文学海外珍稀本文库》30余种，参与编选《明、清、民国时期珍稀老北京话历史文献整理与研究》（30册）、《中国现代文学百家》（116册），以及《北京的门礅》《老北京的门楼》北京民俗著述多种。

导读者

（按姓名音序排列）

◎薄克礼
文学博士，天津城建大学教授。攻文史，好四书。

◎陈鹏程
历史学博士，天津师范大学文学院副教授。

◎陈世旭
当代作家，曾任中国作家协会主席团委员、江西省文联主席兼作家协会主席。

◎陈喜儒
作家，著名翻译家，曾任中国作家协会外联部副主任、中国外国文学学会日本文学研究分会会长。

◎冯蒸
首都师范大学文学院教授，博士生导师，北京国际汉字研究会理事、副会长。

◎官铎
管子思想理论和应用资深研究学者。

◎关四平
哈尔滨师范大学文学院教授，博士生导师。主要从事中国古代小说及戏曲等研究。

◎韩小蕙
著名作家，中国作家协会会员，中国散文学会副会长，南开大学文学院兼职教授。

◎侯忠义
北京大学教授，曾任北京大学图书馆古籍整理研究室主任。主要从事先秦两汉文学史、文言小说研究。

◎李海涛
天津师范大学历史文化学院教授，天津市孙子兵法研究会荣誉会长。

◎李瑞兰
天津师范大学历史文化学院教授，曾任中国先秦史学会理事。

◎李树果
资深《易经》研究者，中国散文诗学会理事，《中华时报》记者。

◎李硕儒
作家，著名编剧。合著长篇历史小说《大风歌》获重庆市"五个一工程奖"。

◎廉玉麟
天津中医药大学第一附属医院主任医师，教授。

◎林海清
天津师范大学国际教育交流学院副教授，天津市红楼梦研究会副秘书长兼理事，中国三国演义学会、中国水浒学会会员。

◎林 骅

天津师范大学文学院教授，曾任古典文献研究所所长，天津市红楼梦研究会顾问。

◎马文大

首都图书馆研究馆员、北京地方文献中心主任，北京史研究会副会长。

◎孟昭连

南开大学文学院中国语言文学系教授，中国东方文化研究会理事。

◎宁稼雨

南开大学英才教授、博士生导师，2017年度国家社科基金重大项目"全汉魏晋南北朝小说辑校笺证"首席专家。

◎宁宗一

南开大学学术委员会委员、中国武侠文学学会名誉会长、中国儒林外史学会副会长。

◎牛 倩

天津大学国际教育学院副教授，硕士研究生导师。

◎欧阳健

福建师范大学文学院教授，曾任《明清小说研究》杂志主编。

◎潘务正

安徽师范大学文学院教授，教育部人文社会科学重点研究基地安徽师范大学中国诗学研究中心副主任，中国韵文学会赋学专业委员会（中国辞赋学会）副会长。

◎乔卉林

中国城乡金融报社记者。其作品曾多次获得奖项。

◎尚学峰

又名尚学锋。文学博士，北京师范大学文学院教授。

◎邵永海

北京大学中文系教授。主要从事汉语史方面的教学和研究工作。

◎石定果

北京语言大学人文学院教授，汉语言文字学博士。著有《说文会意字研究》等多部作品。

◎石 厉

原名武砺旺。著名诗人，文艺理论家。《诗刊》编委，《中华辞赋》杂志总编辑，中华诗词学会副会长。

◎石 麟

湖北师范大学文学院教授。中国水浒学会会长。

◎孙立仁

曾任《中国老年报》社长，发表多篇小说、诗歌、散文、报告文学等。当代篆刻家。

◎孙钦善

北京大学中文系教授，全国高等院校古籍整理研究工作委员会委员，中华炎黄文化研究会理事。

◎田秉锷

江苏省文艺评论家协会顾问，徐州市孔子学会顾问，江苏师范大学客座教授。

◎王建新

中国历史文献研究会理事，中原传媒集团出版部副主任。

◎王 蒙

著名作家、学者，文化部原部长。茅盾文学奖获得者。多年来致力于传统文化研究。2019年获"人民艺术家"国家荣誉称号。

◎王晓华

民国史专家，中国第二历史档案馆研究馆员。中央广播电视总台、北京电视台、湖北卫视等多个栏目主讲嘉宾。

◎吴 波

湖南农业大学教授、党委委员、副校长，中国儒林外史学会副会长，湖南省古代文学学会副会长。

◎武道房

安徽师范大学中国诗学研究中心教授。

◎徐 刚

诗人，作家。曾获鲁迅文学奖、郭沫若散文奖、中国报告文学终身成就奖等。

◎俞 前

中国作家协会会员，苏州市吴江区南社研究会会长，苏州南社文化研究院副院长。

◎查洪德

文学博士，南开大学中国语言文学系教授，博士生导师。内蒙古元代文学学会会长。主要从事元明清文学与文献研究。

◎张秋升

曲阜师范大学历史文化学院教授，主要研究儒家史学理论。

◎张世林

新世界出版社编审，著有《大师的侧影》等著述。

◎张弦生

中州古籍出版社编审、副总编辑。

◎郑铁生

天津外国语大学教授，原中国三国演义学会常务副会长兼秘书长，曾任中国红楼梦学会学术委员会委员、北京曹雪芹学会副会长。

◎周传家

北京联合大学应用文理学院教授，中国昆剧古琴研究会副会长，中国戏剧文学学会顾问，中国戏曲学会常务理事。

◎卓 然

原名王坤元，笔名卓然。作家，诗人。著有中短篇小说集《我记忆中的河》、散文集《天下黄河》等作品。

中国魔袋
——中国寓言故事漫谈

一 怪物·桥梁·钥匙·小刀·魔袋

在我的印象中，"寓言"一词，最早见于战国中期道家学派代表人物庄子的著作《庄子》中："寓言十九，重言十七，卮言日出，和以天倪。"（《庄子·杂篇·寓言》）

寓者，寄也，寄托也。"以人不信己，故托之他人，十言而九见信也。"（隋唐陆德明《经典释文》）"元祐献诗十首……皆寓言婺幸，而意及兵戍。"（宋王谠《唐语林·补遗一》）"……然即事寓言，亦足以广见闻而资智识。"（明王琼《双溪杂记》）即托辞寓意，把作者的思想寄寓在一个故事里，让人从中领悟到一定的道理，本质上属于一种类比想象的间接表达。

这里着重讲的是作为文学作品一种体裁的寓言——用假托的故事或自然物的拟人手法说明某个道理。

现代作家、散文家、著名儿童文学作家严文井对寓言做过一个比喻："寓言是一个魔袋，袋子很小，却能从里面取出很多东西来，甚至能取出比袋子大得多的东西。"

这个比喻，对作为文学体裁的寓言做出了绝妙的诠释。

"寓言是一个怪物，当它朝你走过来的时候，分明是一个故事，生动活泼；而当它转身要走开的时候，却突然变成了一个哲理……寓言是一座奇特的桥梁，通过它，可以从复杂走向简单，又可以从单纯走向丰富……我们既看到五光十色的生活现象，又发现了生活的内在意义。寓言是一把钥匙……这把钥匙可以打开心灵之门，启发智慧，让思想活跃。""好的寓言就像锋利的小刀……对有些事物，应该给以致命的一击；对有些事物，则要开刀动手术，目的是为治病救人……"

严文井说的"怪物""奇特的桥梁""钥匙""锋利的小刀"，都是与"魔袋"意义相同的不同表述，亦即寓言的魔力所在。

这一对寓言的诠释，可以说是我们理解寓言的总纲。

寓言的主要类型大致有两种，一种是用夸大的手法，勾画出某类人的特点和思想；另一种是用拟人的手法，把人类以外的动植物或非生物人格化，使之具有人的思想感情或某种人的特征。其主要特点：

一是篇幅一般比较短小，语言精辟简练，字数不多但言简意赅，结构简单却极富表现力。在生动而有趣的简单故事中体现丰富的主题或深刻的道理。

二是具有鲜明的讽刺性和教育性。大多借此喻彼，借远喻近，借古喻今，借小喻大。表现出作者对某种社会现象的认识，表达主题思想，从而起到讽刺、劝诫或启迪的作用。

三是常运用比喻、夸张、象征、拟人等手法和虚构性情节。故事的主人公可以是人，也可以是拟人化的动植物或其他事物。

寓言早在我国春秋战国时代就已经盛行，由于士族阶层的兴起，他们或者著书立说，发表政治主张；或奔走于各国，游说诸侯，但都必须致力于言谈技巧，使之富于说服力。为了阐明自己的观点，在政治主张上制胜对方，他们把寓言当成辩论手段，往往从古代神话、传说、民间故事或谚语中取材，通过艺术加工，用鲜明生动的形象代替议论，相互责难，激烈争辩。在他们的著作或言谈中留下了许多精彩的寓言故事。

庄子就是一位杰出的寓言家。其著作的《庄子》十余万言，大多都是寓言。《庄子》的出现，标志着在战国时代，中国的哲学思想和文学语言已经发展到非常玄远、高深的水平。因此，庄子不但是中国哲学史上一位著名的思想家，也是中国文学史上一位杰出的文学家。无论在哲学思想方面，还是文学语言方面，他的著作对后世都产生了深刻而巨大的影响，在中国思想史、文学史上都占有重要的地位。

《庄子》的想象力极为丰富，语言运用自如，灵活多变，用寓言的方式，把一些微妙难言的哲理说得引人入胜。"其学无所不窥……然善属书离辞，指事类情，用剽剥儒、墨，虽当世宿学，不能自解免也。"（司马迁《史记》）"其文则汪洋捭阖，仪态万方，晚周诸子之作，莫能先也。"（鲁迅）被人称为"文学的哲学，哲学的文学"。

《庄子》是作者庄子的卓越成就，也是寓言巨大价值的证明。

先秦时期另一位重要的寓言作家是韩非子。他的寓言生动形象，巧妙地运用生活中的实例来表达其对社会、人生的态度。《守株待兔》《螳螂捕蝉》《塞翁失马》等，都是他的著名寓言作品。他以"买椟还珠"的故事告诉人们遇事不能只看光鲜华丽的表象，而是要注重本质内容的珍贵：你没注意到的东西也许比你一眼看到且以为好的东西价值更高。他的语言诙谐幽默，一读就懂，又一针见血，非常客观地道出了事物真谛，其中蕴藏的哲理与艺术性完美结合，给后人以深远的启迪。

中国古代寓言源远流长。历经先秦的说理寓言、两汉的劝诫寓言、魏晋南北朝的嘲讽寓言、唐宋的讽刺寓言和明清的诙谐寓言等五个阶段。

在先秦诸子百家的著作中，保存了许多当时流行的小故事。它们一般都不是独立成篇，而是作为论据出现的一种譬喻。由于这些故事可以独立承载一定的教育意义，因而逐渐成为寓言。以《列子》《庄子》与《韩非子》中收录最多。

汉魏以后，在一些作家的创作中，也常常运用寓言讽刺现实。唐代柳宗元就利用寓言形式进行散文创作，他在《三戒》中，以麋、驴、鼠三种动物的故事，讽刺那些恃宠而骄、盲目自大、得意忘形之徒，达到寓意深刻的效果。

寓言主要的源头在民间。中国民间口头创作的寓言极为丰富，一般都短小精干。除汉族外，还有各少数民族寓言。各族人民创作的寓言，多以动物为主人公，利用它们的活动及相互关系投进一种教训或寓意，闪耀着健康、朴实的思想光芒。

中国近代作家也用寓言形式创作，特别是儿童文学作品更为多见。

二　寓言·童话·成语故事

寓言和童话有相似的地方，又有很大的不同。

两者相似的地方在于它们的故事都是假托的、创造的、幻想的，都可以采用各种生物或非生物来充当故事的角色，多采用夸张、拟人、象征等表现手法，也都富有教育意义。但不同的地方也是明显的：

其一，童话情节比寓言更丰富，更富有变化，更生动有趣，结构也更复杂，所以它的篇幅较长，长篇可达数万字，短小者一般也一两千字。寓言一般篇幅较为短小，结构简单，语言朴素，幻想的程度也较轻。

其二，童话的结构比较曲折，能细致地刻画人物形象，幻想也比寓言更为丰富、奇特。童话是儿童文学的重要体裁，它描写的内容，表现的生活，都照顾到儿童的知识范围和心理特点，所运用的语言也易为儿童接受。

其三，寓言着力表现内含的讽喻和教训，重在思想。有的寓言在开头或结尾就直截了当地说出了告诫的意思。而童话则重在刻画形象，教训意味不那么强，教育意义往往寓于整个故事之中，不直接点出来。科学童话则重在知识的传播。

其四，寓言的故事比较简单，一般没有完整的故事情节，也不要求塑造性格鲜明的拟人化形象。童话在故事情节的安排和人物形象的塑造上则有较高的要求。

其五，童话必须以现实生活为基础，与现实的结合也必须和谐、自然，使事物按照自然的规律发展。而寓言则不那么严格，如《狐狸和葡萄》中的狐狸，垂涎于葡萄，这便是改变了其原来食肉的习性。这则寓言赋予了狐狸"人"性，却违犯了狐狸的"物"性，这在童话中是不可以的。

寓言和成语故事比较，也有类似的性质。

成语故事很大部分是历史典故，是发生过的事情，然后人们用一个成语将这些事情总结、浓缩为一个简短的句子或短语，以方便地表达整个故事和故事要讲述的内容，在功能上不一定要有积极的寓意。比如"百步穿杨""沉鱼落雁"，只是具备一种描述、形容的作用，并不需要给人启发。而寓言故事是根据事实或者创编的故事向人们讲述一个道理，给人以启发。而且，大部分寓言是为了讲述一个道理而创编的，并没有真实的根据。只有情节高度凝练并隐含深刻道理的成语故事，才是寓言。

总之，成语固有合适寓言故事的分类，主要是在讲述故事的目的上有不同。成语故事的目的是补充成语没有完全表达的内容，使成语更容易理解；寓言故事的目的就是讲述道理，两者不矛盾，只是分类不同。很多成语故事本身是寓言故事，但不能因此就说成语故事就是寓言故事。反之，诸如《狐假虎威》《刻舟求剑》《掩耳盗铃》等许多古代寓言故事，已凝练成为常用的成语。

三　故事是道理的家　道理是故事的灵魂

一则好的寓言，首先要有一个有趣的故事，否则道理就没有一个安身的地方。寓言作者发挥丰富的想象，调动比喻、拟人、夸张等多种艺术手段，让自然和社会的一切事物都活动起来，进入故事。并且，使得故事既短小精悍又趣味盎然，既新鲜活泼又富含哲理，既出人意料又不悖常理，这样才能吸引人。

精彩的故事是寓言成功的开始。寓言通过讲述故事来达到说理的最终目的，故事情节设置的好坏关系到寓言的教化效果。寓言名篇《自相矛盾》的成功之处就在于故事的可读性很强，无论读者的文化水平是高还是低，都能在简练明晰的故事中悟出道理。汉语中的"矛盾"一词就是直接由这则寓言故事演化而来的。由此可以看出，故事对寓言是何等重要。

寓意是寓言故事的灵魂。一个简单明白的道理是寓言必不可少的内容。寓意是寓言中一根看不见的线，大多数时候，这根线隐藏在文字中。寓言故事究竟蕴含了一个怎样的道理，既要联系作者的行文主旨，也要依据故事情节的发展来决定。好的寓言的寓意，会随着读者的阅读进程而逐渐明晰，这是寓言独立作为一种文学体裁的魅力所在。《东施效颦》的寓意并未直接体现在文字中，但是读者都能体会到对盲目效仿、生搬硬套行为的嘲讽。

四　用寓言拨动心弦

在中国，寓言拥有着广泛的读者群。寓言的真正意义是在教育和阐释哲理的层面。从某种程度上说，寓言为读者带来的是一门品德课程。

许多教师就十分善于使用寓言去拨动学生的心弦。把大道理装进小寓言，用小故事阐发大智慧。通常，学生对老师的说教往往有一种本能的反感，而一个美好的小故事则能吸引他的注意力，打开他倾听的耳朵，这比生硬地讲一堆大道理要有效得多。寓言的主题有时是从情节中自然流露出来，让读者自己领会的；有时是在结尾处点明，成为箴言的。事实上，许多优秀寓言都成了人们珍视的千古名训。

滴水藏海，小中见大。一个小故事，能让读者在轻松的阅读中，获得新鲜愉悦的享受，在不知不觉中潜移默化。一种道理消化了，感悟了，成为融入血液的营养，才是真正的收获。

在当代作家严文井之后，许多人按照他的比喻的形式，进行了各自的模仿，对寓言进行了譬喻：寓言是一棵魔树，树并不大，却能结出各种各样的果子，甚至能结出比树还大的果子；寓言是一缕阳光，光线并不强烈，却能让人浑身温暖……凡此种种，不一而足。

是的，一句话的点拨，一则故事的启发，都可能成为一个人一生的重要转折点。寓言故事意蕴悠长，为读者开启了一道道智慧之门，使人在轻松的阅读中更好地理解和把握人生。那些充满智慧的故事，会像茫茫大海上的明灯，照亮我们的成长之路。

陈世旭

目录

东郭先生和狼 / 001

买椟还珠 / 004

马和驴 / 006

疑病乱投医 / 009

不敲自鸣 / 011

假博学出洋相 / 013

太阳近长安远 / 016

小偷退齐兵 / 018

田忌赛马 / 020

鲁侯养鸟 / 022

寻千里马 / 024

越石父 / 026

邯郸学步 / 029

滥竽充数 / 031

不相称的伙伴 / 033

苏代劝诫孟尝君 / 035

义鹊怜孤 / 037

公孙仪嗜鱼 / 039

庖丁解牛 / 041

明眼与明言 / 043

本领不分大小 / 045

五十步笑百步 / 047

抱薪救火 / 049

叶公好龙 / 051

害怕影子的人 / 053

仁智的孙叔敖 / 055

楚王的宽容 / 057

空中楼阁 / 059

桑中李树 / 061

造父学驾车 / 063

豹将军出征 / 065

越人造车 / 067

齐人学弹瑟 / 069

建筑师的特长 / 071

求千里马 / 074

悔之晚矣 / 077

路边的李树 / 079

得意忘形的老虎 / 081

飞必冲天，鸣必惊人 / 083

千里马 / 085

仁慈的祭祀者 / 087

仆人看家 / 089

秀才的"大志" / 091

纪昌学射箭 / 093

爱钱的人 / 095

华歆与王朗 / 097

鲁国少儒士 / 099

寻找珠宝 / 101

书呆子赶鸡 / 103

杞人忧天 / 105

李离殉法 / 107

扁鹊说病 / 109

郏君为甲 / 111

秀才讨钱 / 113

黔驴技穷 / 115

赵奢秉公办事 / 117

妄语害人 / 119

捕蛇人的苦衷 / 121

塞翁失马 / 123

愚公移山 / 125

万字难写 / 127

大鹏与焦冥 / 129

曹冲称象 / 131

薛谭学唱歌 / 133

郑人买履 / 135

东野稷驾车 / 137

愚蠢的两弟子 / 139

蚂蚁的恐惧 / 141

杨布打狗 / 143

选大臣 / 145

毛笔先生 / 147

楚王葬马 / 149

刻舟求剑 / 151

不死的奥秘 / 153

张衡的天平 / 155

西门豹罢官 / 157

管庄子刺虎 / 159

老汉粘蝉 / 161

虎与刺猬 / 163

宣王之弓 / 165

南辕北辙 / 167

澄子夺黑衣 / 169

狂　泉 / 171

南橘北枳 / 173

望梅止渴 / 175

不识趣的猎狗 / 177

囫囵吞枣 / 179

书生丢官 / 181

雄鸡与鸿雁 / 183

顽固的蹶叔 / 185

拔苗助长 / 188

不同的"偷"之道 / 190

夫妻打赌 / 192

活到老学到老 / 194

惊弓之鸟 / 196

苛政猛于虎 / 198

掩耳盗铃 / 200

目不见睫 / 202

书生救火 / 204

施家和孟家 / 206

鹬蚌相争 / 209

玉器和瓦罐 / 211

百里负米 / 213

守株待兔 / 215

牛缺遇盗 / 217

鬼怪为害 / 219

螳螂法官 / 221

钓鱼的诀窍 / 223

豁达先生 / 225

寻找隐身叶 / 227

远虑与近忧 / 230

亡羊补牢 / 232

后来居上 / 234

东郭先生和狼

故事

晋国大夫赵简子率领众随从到中山去打猎，途中遇见一只狼。那狼像人一样直立着挡住了他的去路，还向他哀哀嗥叫。赵简子立即拉弓搭箭，只听得弦响狼嗥，飞箭射穿了狼的前腿。那狼中箭不死，落荒而逃，这让赵简子非常恼怒。他驾车穷追不舍，车马扬起的尘土遮天蔽日。

这时候，东郭先生站在岔路口四处张望，身边的毛驴驮着一大袋书简。原来，他是要前往中山国求官，走到这里迷了路。正当他面对岔路犹豫不决的时候，突然窜出了一只受伤的狼。那狼哀戚地对他说："现在我遇难了，请赶快把我藏进你的那只口袋吧！如果我能够活命，今后一定会报答你。"

东郭先生看着赵简子的人马卷起的尘烟越来越近，惶恐地说："我要是隐藏了士卿追杀的狼，岂不是要触怒权贵？然而墨家兼爱的原则不容我见死不救，那么你就往口袋里躲藏吧！"说着，他便拿出书简，腾空口袋，往袋中装狼。他既怕狼的脚爪踩到狼颌下的垂肉，又怕狼的身子压住了它自己的尾巴，装来装去，三次都没有成功。危急之下，狼蜷曲起身躯，把头低垂到尾巴上，恳求东郭先生先绑好它的四只脚爪再装。这一次很顺利，东郭先生把装着狼的袋子抬到驴背上以后就退缩到路旁去了。不一会儿，赵简子来到东郭先生跟前，但是没有从他那里打听到狼的去向，因此愤怒地挥剑斩断了车辕，并威胁说："谁敢知情不报，下场就跟这车辕一样！"

东郭先生匍匐在地上说："虽说我是个蠢人，但还是认得狼的。人们常说岔道多了连驯服的羊也会走失，而这中山的岔道把我都搞迷了路，更何况一只野性未驯的狼呢？"赵简子听了这话，调转车头就走了。

等到人唤马嘶的声音远去了，狼在口袋里说："多谢先生救了我。请放我出来，受我一拜吧！"可是狼一出了袋子却改口说："刚才多亏你救了我，使我大难不死。现在我饿得要死，你为什么不把身躯送给我吃，将我救到底呢？"说着，它就张牙舞爪地向东郭先生扑去。东郭先生慌忙躲闪，围着毛驴兜着圈子与狼周旋起来。

太阳快下山的时候，东郭先生怕天黑遇到狼群，于是对狼说："我们还是按民间的规矩办吧！如果有三位老人说你应该吃我，我就让你吃。"狼高兴地答应了。但前面没有行人，于是狼逼他去问老杏树。老杏树说："种树人只费一颗杏核种我，可是二十年来他们一家人吃我的果实，卖我的果实，享够了财利。尽管我贡献很大，到老了，却要被他卖到木匠铺换钱。你对狼的恩德并不重，它为什么不能吃你呢？"狼正要扑向东郭先生，这时正好看见了一头母牛，于是又逼着东郭先生去问母牛。那母牛说："当初我被老农用一把刀换回来。他用我拉车帮套、犁田耕地，养活了他们全家人。现在我老了，他却想杀我，从我的皮肉筋骨中获利。你对狼的恩德并不重，它为什么不能吃你呢？"狼听了更加嚣张起来。

就在这时，来了一位拄着藜杖的老人。东郭先生急忙请老人主持公道。老人听了事情的经过，叹息地用藜杖敲着狼说："你不是知道虎狼也讲父子之情吗？为什么还背叛对你有恩德的人呢？"狼狡辩道："他用绳子捆绑我的手脚，用书简压住我的身躯，分明是想把我闷死在不透气的口袋里，我为什么不能吃掉他呢？"

老人说："你们各说各有理，我难以裁决。俗话说'眼见为实'，如果你能让东郭先生再把你往口袋里装一次，我就可以依据他谋害你的事实为你作证，这样你岂不有了吃他的充分理由？"

狼高兴地听从了老人的劝说，让东郭先生捆住它的四肢，装入袋中，动弹不得，而等待它的则是老人的藜杖。

【智慧解析】●——

东郭先生用善心对待恶狼，却险遭厄运。这个故事告诉我们，在人与人的交往中，要区分对象施用"兼爱"，对坏人讲仁义反而可能为其所害。

【精彩短评】●——

东郭先生已经成了不辨是非、滥用同情心的人的代名词。大家可不要像东郭先生一样，好心帮助坏人，到头来却被坏人伤害。一定要懂得分辨好人和坏人，不能将同情心用在坏人身上。

买椟还珠

故事

　　春秋时期，楚国有个人得到了一颗大珍珠，那颗珍珠非常珍贵、漂亮。他想要是把珍珠用一个漂亮的盒子装起来，那价格就能卖得更高啦！

　　他让匠人用香木精心雕刻了一个精美的盒子，还用香料仔细熏过，用珍珠、宝玉加以点缀，再用翡翠镶边。这个盒子这么精美华贵，衬托得大珍珠更加名贵了！主人听说郑国市场缺少珍珠很是高兴，想着这颗珍珠在那里一定能卖出大价钱，就匆匆去了。

　　他来到郑国的集市上，打开盒子，大声叫卖。这样华丽的东西，马上吸引了很多人围观，可是一听价格，大家都很惊讶。

　　这时候，郑国的一个富豪来了，看见围了这么多人，很是好奇。当他看到那个精美的盒子时，一下就被吸引住了。他把盒子拿起来，看了又看，喜欢得不得了！

　　楚国人想把里面的珍珠给他看，可是他一直抱着盒子不放，问多少钱能卖给他。楚国人看他非常喜欢，就说出了一个很高的价钱，没想到富豪立刻就买了下来。富豪一看盒子里面还有颗珍珠，就把珍珠拿出来，随手还给了楚国人，然后抱着一个空盒子就走了。

　　楚国人非常意外，自言自语地说："我本来是卖珍珠的，没想到他却买椟还珠！看来木盒子的生意不错，我还得再弄点儿木盒子来卖！"

　　富豪留下了精美的木盒，却把价值不菲的珍珠还了回去，这个富豪真的是太没有眼光了。这个故事告诉我们，做事情要分清主次，不要只注重外表，而看不清事物的本质。

　　在我们周围也有很多像富豪这样的人，在做出选择的时候，太过看重外在的东西，而忽略了事物的内在品质，分不清主次，从而错失了很多真正有价值的东西。因此，我们应该看到事物的主要方面和次要方面，找到解决问题的关键，做出正确的取舍。

马和驴

 故事

　　古时候，国与国之间、各个部族之间经常发生战争。有条件的人家都要饲养一匹战马，准备战争时骑乘。

　　一个年轻的农夫饲养了一匹出色的战马和一头普通的毛驴。骏马吃的是嫩草，喝的是泉水，秋冬之季吃干草时还要加上豆类等精料，长得膘肥体壮，皮毛油黑发亮，跑起来矫若游龙，日行千里。主人对它分外珍爱，从来舍不得让它干活。骏马吃得饱了，就在草地上撒欢。

　　毛驴则活得非常辛苦，要拉磨、驾车，还要驮着货物到集市上去卖；归途也不轻松，主人采购的必需品照样由它驮回家中。毛驴的伙食标准很低，吃的是糠皮和干草，一年四季不换样。

　　骏马和毛驴的生活形成强烈的反差，为此毛驴感到十分不平衡。不过，它不能向主人抱怨。夜间，它觉得实在不能忍受，便对马倾吐心中的不平，说："有件事，我始终想不通，我对主人的贡献不算小了，这些你都看得见，不必我细说，奇怪的是我吃得那么差。而你，每天除了吃饱喝足，就是随意玩耍。你说，为什么会有如此不公平的事？"

　　马想了一会儿，老实回答说："你说的命运，我没想过，弄不懂到底是怎么回事，我只了解事实。主人养驴，就是为了让驴给人干活；而驴，除了干活之外，照我看，就没有活下去的理由。你见过不干活的毛驴吗？正因为你很能干，主人才给你干草吃；如果有一天，你不能干活了，主人会毫不客气地将你杀掉吃肉。为了活下去，你还是老老实实地干活吧，不要抱怨什么。至于我为什么活得轻松，你只能去问主人了，我也不清楚。"

毛驴当然不敢和主人探讨这样的问题，只能将想法埋在心里。它只能这样活下去了，所有的毛驴不都是这么个活法吗？何必自寻烦恼呢！

不久，战争爆发了，主人骑着骏马参加战斗，毛驴拉车路过，战场就在附近，毛驴能看到战斗的惨烈场面。

它看到主人骑着骏马闯入敌阵，很快陷入了重围。骏马拼命驰骋，主人挥舞战刀与敌人厮杀。忽然，主人中箭从马上掉了下来。骏马不肯舍弃主人，围着主人嘶鸣不已，凶狠的敌人将骏马杀死了。

毛驴不忍再看下去了，悄悄溜回家中。战争结束后，毛驴还活着，战马却永远消失了。

毛驴反思之后，自言自语道："安逸富足的背后是时时都可能发生的生命危险，代价未免过于沉重；而辛苦劳累的生活，看似艰辛却平安。平安是无价的，让安逸见鬼去吧！"

【智慧解析】

驴和马受到的待遇不同，驴每天要辛苦干活，而马却可以安逸享乐，但是后来骏马战死了，而驴却活下来了。这告诉我们一个道理：天下没有免费的午餐，不要盲目地羡慕别人的生活，不要怨天尤人；平安无价。

【精彩短评】

"天下没有免费的午餐"，当你正肆意享受的时候，一定要提高警惕，这享受背后是不是有什么危险。就像骏马享受的背后是随时可能失去生命，不劳而获终不是长久之计。

对人们来说，平安就是福气。不要总是贪图安逸，应该珍惜自己的平凡生活。用心体验生活中的美好，便会发现平凡的生活也是非常了不起的。

疑病乱投医

故事

　　有个人偶感风寒，咳嗽不止，他觉得浑身都不舒服，就去找医生看病。医生看了看他那无精打采的样子，又摸了摸脉，说他是得了蛊病，如果不抓紧治疗恐怕会丢命。这个人一听吓坏了，连忙拿出许多金子，求医生一定要治好他的病。

　　这个医生给他开了治蛊病的药，说这种药可以攻击他的肾脏和肠胃，又会炙烧他的身体和皮肤，因此，吃这种药必须注意禁食美味佳肴，否则药物难以奏效。一个月过去了，这个人的病情不仅不见好转，反而加重了，除了咳嗽，还内热外寒，苦不堪言。再加上一个月的禁食，他已经营养不良，瘦弱疲惫，真的像一个患蛊病的人了。

　　无奈，他又请另一个医生为他治病。这个医生检查了他的各种症状，诊断他患的是内热病，于是又给他寒药吃。这次，他又花去了许多金子。

　　他吃过医生开的寒药，结果搞得每天早晨呕吐，晚上腹泻，痛苦不堪。休谈禁食美味佳肴，这次连饭都不能吃了。他非常害怕，担心这样下去恐怕真的保不住命了。于是，他又反过来改服热药，谁知这样一来，他又出现全身浮肿，到处长痈生疮，搞得他头晕目眩，真个浑身是病，一天到晚叫苦不迭。

他又拿出钱财，去请了第三个医生。这个医生见他满身是病，真不知从何医起，结果是越医病越重了。

后来，邻居的长辈见他形容憔悴，病症奇特而杂乱，于是开导他说："这都是庸医害人和你胡乱吃药的结果，其实你本没什么大不了的病。人的生命本以元气为主，再辅以一日三餐正常的饮食。而你呢，天天吃这药，喝那药，千百种药毒搅乱了你体内的正常秩序，结果既损害了你的身体，又阻断了饮食的营养供给，所以才百病齐出。我看你当务之急是要稳住心神，让身体休息好，再辞谢医生，放弃药物，补充营养，多吃你喜爱的食物，这样你的元气就会在体内慢慢恢复，身体也会一天天强壮起来，自然而然吃东西便有滋味了。一天三餐，便是最好的药。你不妨照我说的去做，保证有效。"

这个人在万般无奈的情况下，按照邻居长辈所说的去做了，仅仅一个月，果然身上的各种病症就消除了，身体又恢复了健康。

—●【智慧解析】

一个人因为一点儿小病就四处看医生，自己的身体不但没有好转，反而越来越差。这个故事告诉我们，做事要从实际出发，仅凭想当然就瞎来一气，结果事情会越来越糟糕。

—●【精彩短评】

现实生活中，遇到问题要仔细思考，不要想当然地去解决问题。做事要有依据，不要胡乱处理。

不敲自鸣

故事

　　在洛阳有一座寺院，寺院里的一间僧房内有一只磬。不知道从什么时候起，那只磬就摆放在屋里。没有人敲，也没人动，可它竟自己响了起来，发出很大的声音，仿佛谁在敲它一般。

　　这间僧房里住着一位僧人，自从听了不敲自鸣的磬声，心中便犹疑万端，每日里寝食不安，以为有什么鬼神在作怪。

　　这样天长日久，每听到一次磬鸣，那僧人便觉心惊肉跳。他心想："如此下去，说不定要出什么祸患，这该怎么办呢？"

　　久而久之，僧人因惊吓和心神不宁而病倒了。一病就是一个月，眼见得日益憔悴，谁也没有办法给他解除这块心病。

　　一天，僧人的一位朋友听说了些事，便来到寺院探望。进了僧人屋内，那位朋友便问候僧人病情，僧人一五一十地说出来。

　　僧人一边说，一边指着案台子上摆着的磬，对朋友说："说不定这个东西就是来取我命的。看来躲是躲不开的，只好认命了。"

　　朋友见他如此黯然神伤，连忙好言相劝，安慰他不可胡思乱想。这时，寺内的斋钟响了，紧接着那磬也响了起来。

　　朋友听了斋钟响，又听了磬鸣，心中已猜到是怎么回事了。于是，他扯下僧人蒙在脸上的被子，对他说："你不要总是这样躺在床上，若想治病，就要听我来安排。"

僧人一听朋友能给自己治病，高兴极了，急问："怎么个治法？我全听你的。"

朋友说："明天我来给你消除磬鸣如何？"

僧人连连答应。

第二天，那位朋友带着一把小锉来到寺院。他让僧人闭上眼睛，然后轻轻在磬上锉了几下，之后两人便坐下闲谈。

不知不觉，天色已晚，朋友起身告辞。僧人这才想起这磬果然没再响过，便追问缘故，朋友笑答："只因你屋内的磬与寺内斋钟的振动是一致的，我改变了磬的振动特点，它自然不会再响了。"

——●【智慧解析】

一个僧人因为听到磬不敲自鸣便心神不宁，他便告诉朋友。朋友帮助他找到了原因，磬与寺内斋钟的振动特点一致，从而引起磬随着斋钟响。这则寓言告诉我们遇事要冷静思考，努力找出问题所在。

——●【精彩短评】

僧人被不敲自鸣的磬声吓病了，其实这只是因为磬和斋钟的振动特点相同而引起共鸣。他遇到不能理解的情况，不去思考，反而想一些神鬼之事来吓自己。这说明遇事要沉着冷静，勇于探索，善于思考，而不是被动接受。

假博学出洋相

从前，魏地有个人，素以博学多识而著称。很多奇物古玩，据说只要他看一眼就能知道是什么朝代的什么器具，并且解说得头头是道。大家都很佩服他，他自己也常常以此为傲。

一天，他去河边散步，不小心踢到一件硬东西，把脚都碰痛了。他恨恨地一边揉脚，一边四下张望，原来是一件铜器。他顿时忘了脚疼，把铜器拾起来细细察看。这件铜器的形状像一个酒杯，两边各有一个孔，上面还刻着精美的花纹，俨然一件珍稀的古董。

魏人得了这样的宝贝非常高兴，决定大宴宾客，庆贺一番。他摆下酒席，请来了众多亲朋好友，对大家说："我最近得到一件夏商时期的器物，现在拿出来让诸位赏玩赏玩。"

他小心地将那铜器取出，斟满了酒，敬献给各位宾客。大家看了又看，摸了又摸，都装出懂行的样子交口称赞，恭喜主人得了一件宝物。可是，宾主欢饮还不到一轮，意想不到的事情发生了。

有个从仇山来的人一见到魏人用来盛酒的铜器，就惊愕地问："你从什么地方得到的这东西？这是一个铜护裆，是从事角抵的人用来保护下体的。"此话一出，举座哗然，魏人羞愧万分，立刻把铜器扔了，不愿再看一眼。

无独有偶。楚邱地有个文人，其博学多识的名声并不亚于魏地人。

一天，他得了一个形状像马却有大口的古物，做工十分精致，古物的颈毛与尾巴俱全，只是背部有个把。楚邱文人怎么也想不出它究竟是干什么用的，就到处打听。可是问遍了远近街坊的人，都没一个人认识这个东西。只有一个号称见多识广、学识渊博的人听到消息后找上门来，研究了一番古物，然后慢条斯理地说："古代有犀牛形状的酒杯，也有大象形状的酒杯，这个东西大概是马形酒杯吧。"

楚邱文人一听大喜，就把它装进匣子收藏了起来，每当设宴款待贵客时，就拿出来盛酒。

有一次，仇山人偶然经过这个楚邱文人家，看到他用这个东西盛酒，便惊愕地说："你是从什么地方得到这个东西的？这是尿壶呀！也就是那些贵妇人所说的'虎子'，怎么可以用来做酒杯呢？"

楚邱文人听了这话，脸噌地一下红到了耳朵根，羞愧得恨不得立刻在地上挖个洞钻进去。他赶紧把那"古物"扔得远远的，像魏人一样不愿再看。

—•【智慧解析】

文中的两个人都以博学著称，但他们连简单的器具都辨认不出，还因此出了洋相。这则故事用来讽刺、批判那些没有真才实学而附庸风雅的人。

—•【精彩短评】

有些人没什么学问，却还喜欢附庸风雅。这种人在真正有文化的人面前，就会露出马脚。这也告诉我们不管做什么事情都要有真才实学，假的永远都是假的，在真相面前一下子就原形毕露了，还成了大家笑话的对象。

引申来说，我们学习知识或本领，并不是为了在他人面前炫耀，如果抱着这种急功近利的心态，就无法沉下心来学习。一个不能静下心做学问或是学习技能的人，是不可能在某个领域取得成就的。不管是做什么事情都需要专心致志，需要仔细研究和揣摩。所以，若想在某一方面取得成就，那就静下心来，抛去功利的想法，认真学习吧。

太阳近长安远

　　晋明帝司马绍小时候聪慧过人，小小年纪便对周围很多事情感兴趣，而且总是喜欢追根问底，不把事情弄明白绝不肯罢休。

　　司马绍的父亲元帝非常喜欢他，一有空闲就和他谈天说地，有时候，司马绍说出的话竟让元帝感到吃惊，并能从中得到启示。

　　有一次，元帝把司马绍抱在膝头上，又和他聊起天来。这时，侍从来报，告知元帝长安有人来禀报事情。元帝命来人速速报告长安方面的情况。来人跪拜之后，失声痛哭。

　　司马绍在一边，很懂事地听来人向父王禀报。事后，司马绍问父王："那人为何啼哭？"

　　元帝说："因为他心里难过。"

　　司马绍追问道："是什么事情让他这样难过？"

　　元帝只好将来人讲述的晋朝王室东渡的事情说给司马绍听。司马绍听说了长安的情况，似乎听明白了，若有所思地点点头。

　　元帝为了转移话题，故意对司马绍说："孩子，你说说看，长安远不远？"

　　司马绍说："我没有去过，我想一定很远。"

元帝接着问："那太阳远不远？"

司马绍答道："当然远了。"

元帝又问："那么，你说太阳和长安哪一个更远？"

司马绍毫不犹豫地说："当然是太阳更远了。"

司马绍的回答使元帝很吃惊，元帝于是问道："为什么说太阳更远呢？"

"长安有人来过，太阳那儿却没见到有什么人来过呢。"

第二天，元帝为了让文武百官知道儿子的聪明智慧，有意在午宴时差人把司马绍带来。当着众人的面元帝问司马绍："太阳和长安哪个更远些？"

司马绍毫不犹疑地答道："太阳就在头上，当然近些，而长安却怎么也看不到呀。"

【智慧解析】●——

晋明帝从小智慧过人，他能推断太阳比长安更远，也能推断太阳比长安近，还能说出令人信服的原因。本文赞颂了他的聪慧过人。

【精彩短评】●——

司马绍年少时即聪敏善辩，在不同场合、不同氛围能使用不同说辞，无论是说"日远"还是说"日近"，都能自圆其说。这则故事体现出看问题可以从不同角度着眼思考的道理。

后人常用"太阳近长安远"来比喻向往帝都而不得至，多寓功名事业不遂，希望和理想不能实现之意。在生活中，有时候我们所渴望的与现实相差甚远，这就要求我们在面对困难时，要有坚定的信念和迎难而上的勇气。

小偷退齐兵

故事

子发是楚国的一位将领，他很注重有一技之长的人，善于利用这些人的长处为自己服务。楚国有一位擅偷窃的人听说了这件事，便去投靠子发。小偷对子发说："听说您愿起用有技艺的人，我是个小偷，以前不务正业，现在想改邪归正。如果您能收留我，我愿为您当差，以我的技艺为您服务。"

子发听小偷这么说，又见他满脸真诚，很是高兴，连忙从座位上起身，对小偷以礼相待，竟连腰带也顾不上系紧，帽子也来不及戴端正。小偷见子发果然是真心礼待于他，简直受宠若惊。

子发手下的官员、侍从都劝谏他说："小偷是天下的盗贼，为人们所不齿，您怎么对他如此尊重？"

子发摆摆手说："你们一时难以理解，但以后就会明白的，我自有道理。"

适逢齐国兴兵攻打楚国，楚王派子发率军队前去迎战齐兵。结果，连续交锋三次，楚军都败下阵来。

子发召集大小将领商议击退齐兵的策略，将领们虽然想出了好多计策，可是对击退齐兵仍然无济于事，而齐兵反而愈战愈强。

面对紧张的形势，那个小偷来到帐前求见。他主动请缨，说道："我有个办法，请让我去试试吧。"子发同意了。

夜间，小偷溜进齐军营内，神不知鬼不觉地将齐军首领的帷帐偷了出来，回到楚军营地交给子发。子发便派了一个使者将帷帐送还齐军，并对齐军说："我们有一个士兵出去砍柴，得到了将军的帷帐，现特前来送还。"这件事使齐军上下惊得目瞪口呆。

第二天，小偷又潜进齐营，取回齐军首领的枕头，子发又派人送还。

第三天，小偷第三次进了齐营，取回来齐军首领的簪子，子发再次派人将簪子送还。这一回，齐军首领惊恐万分，不知所措。齐军营中议论纷纷，各级将领大为惊骇。于是，齐军首领召集军中将领商议对策。首领对大家说："今天再不退兵，楚军只怕要取我的头了！"将领们无言以对，齐军首领立即下令撤军。

齐军终于退兵。楚军重重嘉奖了那个立功的小偷，众将士无不佩服子发的用人之道。

【智慧解析】●——

楚国将领子发器重有一技之长的人才，这其中也包括想改邪归正的小偷。后来，这名小偷竟然不伤一兵一卒而迫使齐军退兵。这则故事突出了子发的善于用人。

【精彩短评】●——

每个人都有自己的长处，作为领导者要善于发现他人的长处，以便更好地任用人才。

田忌赛马

故事

　　齐国的将军田忌经常同齐威王赛马。他们赛马的规矩是：双方各下赌注，比赛共设三局，两胜以上为赢家。然而每次比赛，田忌都是输家。

　　这一天，田忌赛马又输给了齐威王。回家后，田忌把赛马的事告诉了自己的高参孙膑。孙膑熟读兵书，深谙兵法，足智多谋，但遭庞涓陷害残了双腿。孙膑来到齐国后，很受田忌器重，被尊为上宾。孙膑听了田忌谈他赛马总是失利的情况后，说："下次赛马您让我前去观战。"田忌听了非常高兴。

　　又一次赛马开始了。孙膑坐在赛马场边上，很有兴致地看田忌与齐威王赛马。第一局，齐威王牵出自己的上等马，田忌也牵出了自己的上等马，结果跑下来，田忌的马稍逊一筹。第二局，齐威王牵出了中等马，田忌也以自己的中等马与之相对。第二局跑完，田忌的中等马也因慢了几步而落后。第三局，两边都以下等马参赛，田忌的下等马又未能跑赢齐威王的下等马。看完比赛回到家里，孙膑对田忌说："我看了你们双方参赛的马匹，若以上、中、下三等对等比赛，您的马都相应地差上一点儿，但差距并不太大。下次赛马您按我的意见办，我保证您获胜，您只管多下赌注就是了。"

又到了比赛的日子，田忌与齐威王的赛马又开始了。第一局，齐威王牵出了他那匹健步如飞的上等马，孙膑却让田忌牵出了一匹下等马，一局比完，自然是田忌的马落在后面。可是到第二局形势就变了，齐威王出以中等马，田忌这边对以上等马，结果田忌的马跑在前面，赢了第二局。最后一局，齐威王剩下了一匹下等马，当然被田忌的中等马甩在了后面。这一次，田忌以两胜一负而取得了赛马的胜利。

由于田忌按孙膑的吩咐下了很大的赌注，因而他一次就把以前输给齐威王的都赚回来了，还略有盈余。

田忌以前赛马的办法总是一味硬拼，希望一局也不要输，结果却因自己的马总体实力差那么一点儿，总是赛输了。孙膑则巧妙运用自己的优势，先让掉一局，然后保存实力去确保后两局的胜利，从而保证了整场比赛的胜利。

【智慧解析】•——

田忌和齐威王赛马，一开始田忌总是输，后来孙膑给田忌出谋划策，帮助他取得了胜利。这则故事告诉我们要善于发挥自己的优势而避开对手的长处。

【精彩短评】•——

做事，要学会在劣势之中寻找优势，善于转换思路。

鲁侯养鸟

故事

　　我国古代的那些国君，在他们的国家里都有着至高无上的地位。他们每天接受着臣民的膜拜，欣赏着美妙的音乐，吃着精美而丰盛的食物。这些人养尊处优，却不见得有多少过人的智慧。

　　有一天，一只巨大的鸟落在鲁国都城的附近。这是一只海鸟。它抬起头的时候，身高达八尺；它长得很漂亮，很像传说中的凤凰。因此，人们都把它当作神鸟。

　　鲁国国君听了臣子们关于这只大海鸟的汇报，决定以盛大的礼仪郑重其事地迎接它。鲁国国君在宗庙里毕恭毕敬地设下酒宴招待海鸟，甚至命宫廷乐师奏起了规格最高的《九韶》曲——这是舜帝时在最隆重的场合才能演奏的乐曲，共有九章。他又派人给海鸟摆满了最上等、最神圣的"大牢"供品作为食物，这些食物是用很大的盘子盛着烤熟的全牛、全羊和全猪。鲁国国君侍立在海鸟旁边，诚心诚意地请它食用。

　　海鸟看到这莫名其妙的场面，被吓得有些发呆。它离开了辽阔的大海，失去了宝贵的自由，看着面前纷乱的人世，只觉得头昏眼花，充满了惊恐和悲伤。海鸟始终不敢吃一块肉，不敢饮一杯酒。三天之后，它便在极度惊吓和忧郁中死去了。

鲁国国君十分沮丧，但仍然不知道自己错在何处。

其实，鲁国国君只是用供养自己的一套做法来养海鸟。他不知道世上万事万物皆有自身的特点和所应遵循的规律。而他却不看场合，不分对象，只凭自己的意愿想当然地去办事。他不懂得用养鸟的办法去养这只海鸟，结果事与愿违。

【智慧解析】●——

这则故事通过讲述鲁国国君养鸟的经过，批判了那些不遵循客观规律，只按照自己意愿办事的人。

【精彩短评】●——

人们不管做什么事情，都要努力掌握事物的规律性，绝对不能想怎么干就怎么干。绝对不能不顾及工作对象，不研究对象的具体情况，要明白它们有些什么特点，有些什么规律。如果我们的工作对象是生物，还要进一步了解它们的习性，与同类或不同类的事物有哪些异同之处。比如海鸟原先的生活环境是怎样的，到了新的环境该怎样帮助它尽快适应。如果忽视这些，只是盲目且想当然地按照自己的意愿和习惯来做，就不可能把事情办好。

寻千里马

故事

　　伯乐善于相马，晚年时为了把相马的经验留传下来，写了一本《相马经》。在这本书里他详尽地叙述了相马应切记的要点，还特别指出千里马的体貌特征：额高且丰满，两眼圆而闪亮，蹄子粗壮而结实。

　　伯乐有个儿子，虽然也知道父亲被人们推崇为相马能手，但他却不以为然，他想："相马还要什么技术呀，一匹马牵来，用眼一看，便知这马是好是劣，哪有那么复杂！"

　　儿子就去问伯乐："父亲，您说千里马真的那么难寻吗？"

　　伯乐说："当然，如果千里马到处可见，那它也就没有什么珍贵的了。"

　　伯乐的儿子还是不懂，于是又问父亲："平时我们相马，只要是高高大大、膘肥体壮的不就是好马了吗？"

　　伯乐说："好马有的是，但是好马之中却挑不出几匹千里马。再说，千里马不一定个子很高，很肥壮。千里马的价值在于它有耐力，有韧性，行千里路而不伤其筋骨。"

　　伯乐的儿子听了父亲的话，对父亲表示："我也很想学您的相马本领，现在既然您已经告诉了我这些知识，我再带上您著的《相马经》，一定会找到千里马的！"

伯乐语重心长地说："相马可不是一件简单的事，不是说说就能领会的。你想去实践一下也好，也许能从中得到点儿启示。"

于是，伯乐的儿子带着父亲的《相马经》出发了。

伯乐的儿子走了一个多月，经过了许多地方，四处寻找千里马。每到一处马市，他就拿出父亲的《相马经》对照，看那些马是不是高额头，圆眼睛，粗蹄子。

有一天，还真让他找到了一匹和《相马经》上说的很相似的马。

于是，他高高兴兴地买了马，骑上它就往家里赶，想赶快让父亲看看，想不到还没走出百里，那匹马就累得倒地而死。他只好步行回到家里。这次，他对伯乐的话确实心服口服了。

【智慧解析】

伯乐的儿子认为寻找千里马非常容易，可是后来发现事实并非如此。这个故事告诉我们做事要从客观实际出发，要重视实践，而不能一味照搬书本上的知识。

【精彩短评】

有些事情看起来简单，做起来却不那么容易。我们有时就像文中伯乐的儿子一样，觉得很多事情并没有那么难，觉得自己非常了不起，其他人都不如自己，但是当我们动手去做时，才发现自己眼高手低。这种情况是一种比较常见的现象，为了避免这种情况的发生，我们应该多多实践。

当然，我们也要明白书本上说的不一定全是对的，尽信书则不如无书。在了解了书上所说的内容之后，我们应该通过实践来验证书本上的观点，这样不但可以提高自己的实践能力，还能对这方面知识了解得更加透彻。

越石父

　　齐国的相国晏子出使晋国完成公务以后，在返国途中路过赵国的中牟。他远远地瞧见有一个人头戴破毡帽，反穿着皮衣，正从背上卸下一捆柴草，停在路边歇息。走近一看，晏子觉得此人的神态、气质、举止都不像个粗野之人，纳闷他为什么会落到如此寒酸的地步。于是，晏子让车夫停下了车，并亲自下车询问："你是谁？是怎样到这儿来的？"

　　那人如实相告："我是齐国的越石父，三年前被卖到赵国的中牟，给人家当奴仆，失去了人身自由。"

　　晏子又问："那么，我可以用钱物把你赎出来吗？"

　　越石父说："当然可以。"

　　于是，晏子就用自己车左侧的一匹马做赎金，赎出了越石父，并同他一道回到了齐国。

　　晏子到家以后，没有跟越石父告别，就一个人下车径直进屋去了。这件事让越石父十分生气，他要求与晏子绝交。晏子百思不得其解，派人出来对越石父说："我过去与你并不相识，你在赵国当了三年奴仆，是我将你赎了回来，使你重新获得了自由。应该说我对你已经很不错了，为什么你这么快就要与我绝交呢？"

越石父回答道："一个自尊而且有真才实学的人，受到不知底细的人的轻慢，是不必生气的。可是，他如果得不到知书识礼的朋友的平等相待，必然会愤怒！任何人都不能自以为对别人有恩，就可以不尊重对方。同样，一个人也不必因受惠而卑躬屈膝，丧失尊严。晏子用自己的财产赎我出来，是他的好意。可是，他在回国的途中，一直没有给我让座，我以为这不过是一时的疏忽，没有计较。现在他到家了，却只管自己进屋，竟连招呼也不跟我打一声，这不是说明他依然把我当奴仆看待吗？因此，我还是去做我的奴仆好了，请晏子再次把我卖了吧！"

晏子听了越石父的这番话，赶紧出来对越石父施礼道歉。他诚恳地说："我在中牟时只是看到了您不俗的外表，现在才真正发现了您非凡的气节和高贵的内心。请您原谅我的过失，不要弃我而去，行吗？"从此，晏子将越石父尊为上宾，以礼相待，渐渐地，两人成了相交甚笃的朋友。

晏子与越石父结交的过程说明：为别人做了好事时，不能自恃有功，傲慢无礼；受人恩惠的人，也不应谦卑过度，丧失尊严。谁都有帮助别人的机会，谁也都有可能遇到需要别人帮助的难题。只有大家真诚相处，平等相待，才能获得真正的尊重和友谊。

【智慧解析】

本文讲述了越石父因为觉得自己不受晏子尊重而决定跟他绝交的事情。这个故事告诉我们一个道理：帮助别人之后不能傲慢无礼，而受人恩惠之后也不必卑躬屈膝，要有尊严。

【精彩短评】

越石父虽然是一个地位低下的人，但是他在和晏子交往的过程中，因为晏子的轻视而生气。这说明他是一个有尊严的人，希望晏子能够平等地对待自己。虽然彼此地位悬殊，但是越石父能够不妄自菲薄，不因世俗的观念而轻视自己，有着高贵的内心，这都是非常难能可贵的。我们应该向越石父学习，不管身处什么境遇，不管面对的是怎样的人，都应该不卑不亢，保持自己的尊严。

邯郸学步

战国时期，有个小伙子，家住燕国寿陵，他整天觉得自己的走路姿势不好看，于是，他一边琢磨好看的走路姿势，一边打听哪里的人走路姿势优美。

后来，他终于打听到了一个地方——邯郸。邯郸是赵国的都城，这里的人们走路的姿势都非常优雅。他们一个个风度翩翩，十分潇洒。

因此，燕国的这个小伙子很想去邯郸看看，打算学习人家是如何走路的，到时候还能回来炫耀一下。

他来到邯郸之后，真是大开眼界，这满大街的人走路姿势各不相同，但是都有个共同点：优雅潇洒。

他每天去街上仔细地看邯郸人走路，一边看还一边模仿。今天看这个人走得好看，就学他走路；明天看到那个人走路好看，就学那个人走路，结果来来回回什么都没学会。

一段时间后，等他想回老家燕国寿陵的时候，他发现他已经忘记了自己原来是怎么走路的了。无奈，他只好爬着回去了。

──●【智慧解析】

那个燕国人学邯郸人走路，今天模仿这个，明天模仿那个，最后连自己原来是怎么走路的都忘记了，真让人哭笑不得。这个故事告诉我们，如果只是一味地模仿别人，不仅不会成功，还会把自己的本领也丢掉了。

──●【精彩短评】

诗人屈原曾在《楚辞·卜居》中说过："夫尺有所短，寸有所长，物有所不足。"每个人都有自己的长处，也各有其短处，面对自己的短处，不要一味地追求完美，模仿别人，这可能让你不仅"复制"不了人家的长处，最后可能连自己本来拥有的东西都失去了。

滥竽充数

战国时期，齐国的国君齐宣王爱好音乐，非常喜欢听吹竽，他手下有三百名善于吹竽的乐师。齐宣王喜欢热闹，爱摆排场，总想在人前显示做国君的威严，所以每次听吹竽的时候，总是叫这三百个人在一起合奏。

有个南郭先生听说了齐宣王的这个癖好，觉得有机可乘，就跑到齐宣王那里吹嘘说："大王啊，我是个有名的乐师，听过我吹竽的人没有不被我的演奏感动的，就是鸟兽听了也会翩翩起舞，花草听了也会和着节拍颤动，我愿把我的绝技献给大王。"齐宣王听了非常高兴，不加考察就痛快地收下了他，把他也编进了那支三百人的吹竽队伍中。

这以后，南郭先生就跟着三百人一起给齐宣王演奏，和大家一样拿着优厚的薪水和丰厚的赏赐，心里得意极了。

其实，南郭先生撒了个弥天大谎，他压根儿就不会吹竽。每逢演奏的时候，南郭先生就捧着竽混在队伍中，人家摇晃身体他也摇晃身体，人家摆头他也摆头，脸上装出一副专注忘我的样子，看上去和别人一样吹奏得挺投入，还真瞧不出什么破绽来。南郭先生就这样靠着蒙骗混过了一天又一天，不劳而获地拿着薪水。

可是好景不长，过了几年，爱听竽合奏的齐宣王去世了，他的儿子齐湣王继承了王位。齐湣王也爱听吹竽，可是他和齐宣王不一样，他认为三百人齐奏实在太吵了，不如独奏来得悠扬自在。于是，齐湣王发布了一道命令，要这三百人好好练习，做好准备，他将让这些人一个一个地吹竽给他欣赏。乐师们都积极练习，想一展身手，只有南郭先生急得像热锅上的蚂蚁，惶惶不可终日。他想来想去，觉得这次再也蒙混不过去了，只好连夜收拾行李逃走了。

●【智慧解析】

南郭先生不会吹竽，却能在乐队里蒙混过关。后来齐国换了国君，南郭先生便着急了，最后只好逃走。这个故事告诉我们一个道理：那些弄虚作假的人手段再高明，也无法蒙混一世，早晚会露出马脚，做人要有真才实学。

●【精彩短评】

我们应该做一个有真才实学的人，不能滥竽充数。

不相称的伙伴

鳄鱼爬到河边，一只水鹬飞来给它剔牙齿，这在它们看来是习以为常的事。鳄鱼安静地伏着，半闭着眼睛，张开口，水鹬用尖利的嘴，轻巧地剔除鳄鱼牙缝里面的食物残渣，啄掉牢固地叮在牙龈上的水蛭。这时候，鳄鱼总是激动得泪流满面。

"我亲爱的朋友，"鳄鱼流着泪水说，"你给了我很多帮助，啄掉了我牙龈上那些该死的水蛭。给我啄吧，我不会薄待你的。我不会忘记在牙缝里给你留下一些食物的残渣，会让你吃得很饱的。我们的友谊是牢不可破的。"

"您太谦虚了，"水鹬说，"我作为您的伙伴是很不够格的，主要是您对我的恩惠，使我得到这么丰美的食物。如果我的服务能使您满意，我将感到非常的荣幸。"

它们就这样结成了亲密的伙伴关系。

有一天，水鹬剔完鳄鱼的牙齿，鳄鱼问道："我的朋友，你吃饱了没有？"

"谢谢您，"水鹬说，"我已经很饱了。"

"但是我却很饿。"鳄鱼说，"我还没有吃午餐呢！"

"真的？"水鹬非常同情地说，"这可怎么办呢？您给了我这么多吃的，很抱歉，我却没有一点儿办法来帮助您。"

"不，"鳄鱼说，"你是很有用的，现在只有你能够帮助我。——来，你再来给我看看里边这颗牙齿，这儿似乎还有一条水蛭。"

水鹬小心翼翼地伸过头去。鳄鱼非常利索地一张口就把水鹬衔住了，连脚尖尾巴也没有露出一点儿在嘴外面。鳄鱼不动声色地闭着嘴巴，并不担心它的朋友会有什么挣扎或抗议。现在鳄鱼只是用它假慈悲的眼睛十分警觉地环视着四周，希望不致惊动接下来可能与它合作的新伙伴。

——•【智慧解析】

水鹬帮助鳄鱼将它嘴里的水蛭都啄掉了，可是鳄鱼最终却将水鹬吃掉了。这个故事告诫我们交友要慎重，不要轻易相信别人。

——•【精彩短评】

有的人在你有利用价值的时候，就甜言蜜语地哄骗你。这个时候我们需要擦亮眼睛，不能被他人伪善的笑容和虚伪的话所欺骗，一定要看清对方是否真诚。否则，就会像文中的水鹬一样，被鳄鱼吃了还没弄明白到底发生了什么。

苏代劝诫孟尝君

　　孟尝君喜欢招贤纳士，他家供养了许多门客。一次，门客们听说孟尝君要去秦国，纷纷前来劝阻，但无论如何都不能说服他。

　　被劝得烦了，孟尝君竟动起怒来，把门客们统统轰了出去，然后就闭门谢客。

　　门客们深知孟尝君的脾气，也拗不过他，但一个个都焦急不安。因为秦国当时雄踞一方，形势险恶，乃是非之地，恐怕孟尝君此去凶多吉少。

　　门客中有一位叫苏代的，决定去劝诫孟尝君。众门客摇头说："他不会见你的，何必自讨没趣呢？"

　　苏代转念一想，有了主意。

　　苏代到了孟尝君府上，叩门求见孟尝君。孟尝君听说又是门客来访，拒之不见。

　　苏代又叩门请求仆人转告孟尝君，他不是为去秦国之事而来的。

　　孟尝君让仆人回话："世上的事没有我不知道的，莫非为阴间的事而来？还是请回吧。"苏代让人传话说："正是为了阴间的事情而来访。"孟尝君无奈，只好请苏代进府。待苏代落座后，孟尝君问道："你到底要说什么事？"苏代说："昨天晚上我从城外回家，路过一片树林时，看到月光下有两个人在谈话。走近一看，原来并不是如我们一样的阳世之人，而是一个木头做的偶像和一个泥巴做的偶像。木偶对泥偶说：'我们现在站在这里有说有笑，如果天气不好，下起连绵的大雨，洪水猛涨，你的泥身一被雨水打湿就不成样子了。'泥偶不愿意听这样不吉利的话，瞪了木偶一眼说：'我遇到狂风暴雨的摧残，最多化成泥巴，你却可能被洪水冲得无影无踪，岂不更惨！'"

苏代随之话题一转，对孟尝君说："先生可知秦国目前的形势？先生若去秦国，凶险如木偶赴洪水。望先生再三斟酌。"

孟尝君最终放弃了去秦国的想法。

─●【智慧解析】

孟尝君准备前往秦国，门客纷纷前来劝阻，这引发了孟尝君的怒火，唯独苏代以木偶遇洪水的故事说服了他。这则故事表现了苏代的机智过人，有谋略。

─●【精彩短评】

忠言逆耳利于行，我们不要只听好听的话，而不听不喜欢听却正确的话。

义鹊怜孤

很久很久以前，在大慈山的南面有一棵大树。树干有两围粗，枝干壮实，树叶宽大。

有两只喜鹊飞到这棵大树上辛勤地筑起巢来，它们就要做母亲了。过了不久，两只喜鹊各自孵出了几只小喜鹊。两个家庭热热闹闹，日子过得温馨又红火。喜鹊妈妈每天飞出去找食，回来后，一口一口喂给孩子们吃。两个妈妈虽然十分辛苦，可心里觉得很幸福。

不久，发生了一件很不幸的事情。一位喜鹊妈妈在出外觅食时被老鹰叼走了。它那两个可怜的孩子已经一天一夜没吃东西了，可是喜鹊妈妈依然没有回来。失去妈妈的小喜鹊们哀凄地哭呀，哭呀。

小喜鹊的哭声传到邻居喜鹊家里，这家的妈妈对自己的孩子们说："你们听，我们邻居家的小喜鹊哭得多伤心啊！我过去看看，你们乖乖地在家待着别动，等我回来！"说完，喜鹊妈妈离开了自己的孩子们，很快飞到了喜鹊孤儿的家中。

看到邻居家的喜鹊妈妈，两只小喜鹊哭得更伤心了，它们向喜鹊妈妈哭诉自己可能失去了妈妈。喜鹊妈妈怜悯地抚摸着小喜鹊说："孩子们，别哭了！以后我就是你们的妈妈，你们就是我的孩子！走，到我们家去吧！"喜鹊妈妈把这两只小喜鹊一只只叼起来，放进自己的巢里，还嘱咐自己的孩子们要好好和这两只小喜鹊一起生活、玩耍。它们的家虽然有些挤，但大家相亲相爱，过得也很快乐。失去了妈妈的两只小喜鹊受到这位喜鹊妈妈的照顾，也把这里当作了自己的家。喜鹊妈妈的生活负担增加了一倍，每天更辛苦了，可它却毫无怨言。

——●【智慧解析】

　　喜鹊妈妈知道邻居的小喜鹊失去了妈妈，便把它们当作自己的孩子。这则寓言体现了喜鹊妈妈的善良和富有爱心，也此借讽喻一些人在大义博爱方面连禽兽都不如。

——●【精彩短评】

　　即使是禽鸟喜鹊在看到小喜鹊失去母亲之后，也会产生同情之心，并不辞辛苦地照顾它们。动物尚能如此，人类更应如此。我们应该相互关心，相互友爱，在他人遇到困难时，能主动伸出援助之手。

公孙仪嗜鱼

故事

　　鲁国有一位宰相叫公孙仪，他是出了名地喜欢吃鱼。

　　身为宰相，常有人会奉承和巴结他，但他非常清正廉洁。他一直保持着清醒的头脑，对那些有目的跟他结交的人，从来都有着自己的原则。

　　一些鲁国人时常为了谋求个人利益而讨好他，争先恐后地买了鱼送给他。可是，每次有人送鱼来都被挡在门外，来人没有办法，最后只好把鱼带了回去。

　　公孙仪的弟弟把哥哥的举动看在眼里，记在心里。有一天，公孙仪的弟弟忍不住问哥哥："兄长，我真弄不懂，你不是很喜欢吃鱼吗？他们既然诚心诚意地送给你，你为什么不收呢？"

　　公孙仪笑了，他拍了拍弟弟的肩膀，说："是啊，我就是因为喜欢吃鱼才不能收人家送来的鱼。"

　　弟弟更不解了："那为什么？"

　　公孙仪说："你想想看，如果收了人家的鱼，就欠了人家一份人情；欠了人家的人情就要为人家办事。人家就是因为有难办的事、不合章法的事，才会花费钱财来托这个人情。我收了人家的礼，为人家办了不该办的事，岂不是徇私枉法？"

弟弟虽然也点头称是，但总觉得兄长说得未免过于严重，于是，他不在乎地说："兄长实在是把事情看得过于严重了，其实不过是一点儿小事，吃人家送的鱼，未必能和徇私枉法联系在一起。再说，亲朋好友托人说情也是人之常情，算不了什么。"

公孙仪板起面孔，十分严肃地说："别的没什么，可那样我以后就吃不成鱼了。"

弟弟想了想，还是不懂，问道："这是为什么？"

公孙仪认真地说："收了人情，为人办违反法规的事，便会丢官；丢了官还会有人送鱼给我吗？现在我不收人家的鱼，至少可以自己买鱼吃，而且吃得心安理得。你说说看，怎样做更好呢？"

——●【智慧解析】

公孙仪喜欢吃鱼，有人送鱼给他，他却不要，是因为害怕欠别人人情而去办不合法度、违背原则的事。公孙仪做事追求心安理得，是一位清正廉洁的好官。

——●【精彩短评】

天下没有免费的午餐，我们不能因为眼前的一点儿小利，而舍弃长远的利益，要始终做到管住小节，抵御诱惑，慎其所好。

庖丁解牛

　　庖丁为梁惠王宰牛。分解牛体的时候手接触的地方、肩倚靠的地方、脚踩踏的地方、膝盖抵住的地方，都会发出皮肉分离的声响、快速进刀的声响。那声音十分和谐，就跟美妙的音乐一样，合乎尧时的《经首》旋律；那动作也很有节奏，就像优美的《桑林》舞蹈。

　　梁惠王看得出了神，称赞说："哈，好啊！你的技术是怎么达到这样高超的地步的呢？"庖丁放下刀对梁惠王说："我摸索事物的规律，这比一般的技术又进了一步。我开始解剖牛的时候，看到的没有不是一头整牛的，不知道牛身体的内部结构，不知道从什么地方下手。三年以后，我眼前出现的就不再是一头整牛了。到了今天，我宰牛就全凭感觉了，不需要再用眼睛看来看去，也能知道刀应该怎么运作。牛的肌体组织结构都是有一定规律的，我进刀的地方都是肌肉和筋骨的缝隙，从不碰牛的骨头，更不用说碰到大骨头了。技术高明的厨师，一年换一把刀，因为他是用刀割；一般的厨师，一个月就更换一把刀，因为他是用刀砍。而我宰牛的这把刀，已经用了十九年，所宰的牛，已经有几千头，然而刀口锋利得仍然像刚在磨石上磨过一样。这是为什么呢？因为牛的肌体组织结构之间有空隙，而刀口与这些空隙比起来，薄得好像一点儿厚度也没有。用没有厚度的刀在有空隙的肌体组织间运行，当然绰绰有余啰！所以十九年过去，我的刀还锋利如初。虽然我的技术已达到了这种程度，但我宰牛的时候，还是丝毫不敢马虎，总是小心翼翼，心神专注，进刀时不匆忙，用力时不过猛，牛体迎刃而解，牛肉就像一摊泥一样从骨架上滑落到地上。这时，我才松下一口气来，提刀站立，环视一下四周，心满意足地把刀揩拭干净，收藏起来。"

　　梁惠王听了，高兴地说："好极了，听了你的这一席话，我从中悟到了修身养性的道理。"

──●【智慧解析】

　　庖丁为梁惠王宰牛，并告诉梁惠王自己的技术达到这种水平的原因，使梁惠王悟出了修身养性的道理：即做事情要经过反复实践，掌握事物的客观规律，才能得心应手。

──●【精彩短评】

　　做事情应该像庖丁解牛一样，找出问题的关键，摸清其发展规律，才能做得得心应手。

明眼与明言

　　郑武公一直想吞并胡国，但是，他深知胡国防范很严，对自己素怀戒心，于是，便精心设计了一个长远的计谋。

　　郑武公先是与胡国国君结为儿女亲家，将女儿嫁给胡国国君之子，博得了胡国国君的信任。

　　过了一段时间，郑武公又故意张扬练兵以待出征，并有意征询臣子们的意见："我若出征，先出兵何地？"一位叫关其思的大夫直言道："当然是先取胡国！"武公闻言，勃然大怒，命手下人将其斩首，并扬言："胡国与我国已结姻亲，怎可大动干戈？日后如果再有人劝我攻打胡国，一律不饶！"

　　此事惊动四方，也传到了胡国，胡国国君从此对武公倍加信任，不再如往日一般防备了。

　　不久，郑武公趁胡国毫无戒备，便突然攻打，一举攻占了胡国。

　　先前被武公杀死的关其思大夫的亲友对武公之言行甚为不解，因此，特向一位贤人请教。

　　那位贤人先讲了这样一个故事：

　　宋国有一位大财主，家私万贯。有一天，他家的后院墙因连日阴雨而坍塌了一片。

雨过天晴，财主和儿子正在颓墙边查看，一位邻居路过，插言道："此墙如不尽快修复，很可能被小偷利用。"

刚巧，那天夜里财主家果真来了贼，偷走了不少东西。事后，那位财主对儿子说："事情怎么会如此凑巧？说不定偷东西的不是别人，就是那位邻居。"

关其思的亲友听了贤人的故事，仍不得其解，说道："还望贤人明示。"

贤人捋了捋胡子说："两件事说的是同样的道理。关其思因看透了武公蓄谋已久要攻打胡国，所以，在问询之下，坦率直言，而遭杀身之祸。那位邻居也是一眼看破其利害而直言不讳，反被怀疑。由此可见，眼睛能看明白的事，嘴里不一定要明明白白地说出来。"

──●【智慧解析】

郑武公想攻打胡国，因此想了一个计策，而他的一名大夫说出了他的野心，却招致杀身之祸。一位贤人便以一个故事来解释这件事情，并告诉了我们一个道理，即眼睛能看明白的事，嘴里不一定要明明白白地说出来。

──●【精彩短评】

有些事情我们即使明白也不必说出来，更重要的是要懂得见机行事。

本领不分大小

故事

公孙龙是个有学问的人，他手下有不少弟子，个个都身怀技艺。公孙龙在赵国的时候，曾对他的弟子们说："我喜欢有学识、有本领的人，没有本领的人，我是不愿和他在一起的。"

有个人听说了这件事，便前来求见，要求公孙龙收他做弟子。公孙龙见那人相貌平平，粗布衣帽，便问："我不结交没有本领的人，不知你有什么本领？"

那人说："大的本事我没有，只是我有一副好嗓门，我能喊出很大的声音，使离得很远的人都能听到。一般人都没有我这样的本领。"

公孙龙回头问他的弟子们："你们中间有没有嗓门很大的人？"

弟子们争相回答说："我们都能大声喊。"说着，他们还用眼斜睬着那个前来求见的人，显出一种不屑的神情。

那人说："我喊出的声音之大，非常人可比。"

公孙龙很有兴趣地说："那你们比试比试。"

于是，弟子们推选了他们之中喊声最大的一个做代表，与那人一起走到五百步开外的一座小丘背后，向公孙龙这边喊话。结果，除了那个人的声音外，并未听见其他弟子的半点儿声响。于是，公孙龙把那人收留了下来。可是，弟子们依然不免暗暗发笑，喊声大算什么本领，喊声大能派得上什么用场呢？老师是斯文人，难道要找个一天到晚替自己吵架、吼叫的人吗？弟子们对此都不以为然。

过了不久，公孙龙到燕国去见燕王，他带着弟子们出发了。走了一段路，遇到了一条很宽的河。可是河的这一边见不到一只船，远远望去，只有河对岸停着一只小船，艄公正蹲在船尾处休息。

公孙龙马上吩咐刚收留的大嗓门弟子去喊船。那弟子双手拢成喇叭状，放开嗓子大喊道："喂……要船啦……"喊声亮如洪钟，直达对岸。那对岸船上的艄公站起身来，喊声的余音还在河的两岸回响，渐渐传到很远很远的地方。

对岸那只船很快摇了过来，公孙龙一行人上了船，原先那些不以为然的弟子都深深佩服老师及这位新来的同门。

─●【智慧解析】

有个人凭借自己的大嗓门成了公孙龙的弟子，但是其他的弟子都觉得喊声大不算本领。最后，他的大嗓门派上了用处，才使其他弟子心服口服。这个故事告诉我们，本领是不分大小的。

─●【精彩短评】

每个人所擅长的领域各不相同，不要瞧不起他人的特长。

五十步笑百步

故事

　　梁惠王好驱使百姓与邻国打仗。有一次，梁惠王召见孟子，说道："我在位，对于国家的治理，可以说是尽心尽力的了。河内（今河南省黄河北岸）常年发生灾荒，收成不好，我就把那里的一部分百姓迁移到收成较好的河东去，并把收成较好的河东地区的一部分粮食运到河内来，让河内发生灾荒地区的百姓不至于饿死。有时河东遇上灾年，粮食歉收，我也是用这种方法，把其他地方的粮食调运到河东来，解决百姓的生存问题。我也看到邻国当政者的做法，没有哪一个像我这样尽心尽力替自己的百姓着想的！然而，邻国的百姓没有减少，而我的百姓也没有增多，这是什么原因呢？"

　　孟子回答说："大王喜欢打仗，我就用打仗来打个比方吧。战场上，两军对垒，战斗一打响，战鼓擂得咚咚响，作战双方短兵相接，各自向对方奋勇刺杀。经过一场激烈拼杀后，胜方向前穷追猛杀，败方就有人丢盔弃甲，拖着兵器逃跑。那逃跑的士兵中有的跑得快，跑了一百步停下来了；有的跑得慢，跑了五十步停下来了。这时，跑得慢的士兵却因为自己只跑了五十步，就嘲笑那些跑了一百步的士兵是胆小鬼，您认为这种嘲笑有道理吗？"

梁惠王说："不对，他们只不过没有跑到一百步罢了，但是这也是临阵脱逃啊！"

孟子说："大王如果明白了这其中的道理，那么就无须再希望您的百姓比邻国的多了。"

──●【智慧解析】

孟子以五十步笑百步的例子帮助梁惠王解惑，并告诫他要透过现象看本质。他的做法与其他国家国君的做法只有程度上的差异，并没有本质上的区别。这则寓言语言言简意赅，通俗易懂。

──●【精彩短评】

有些人明明和其他人有着同样的弱点或缺点，但是却因为自己的弱点或缺点不那么明显，而嘲笑别人。这种人只能看到他人的弱点或缺点，却看不到自己的，所以会做出一些错误的判断。这则故事也说明人总是难以认清自己；只有正确认识自我的人，才能更加客观地看待周围的人和事。

故事中，孟子用非常巧妙的方法来劝说梁惠王，体现出了孟子巧妙的论辩技巧和极高的论辩水平。这也告诉我们在劝说人的时候要讲究说话技巧，这样才更容易让人接受。

抱薪救火

战国末期，秦国接连向魏国发动了大规模的进攻，魏国无力抵抗，大片国土都被秦军占领了。公元前 273 年，秦国又一次向魏国出兵，势头空前猛烈。

魏王把大臣们召集起来，愁眉苦脸地问大家有没有使秦国退兵的办法。由于多年的战乱，一提起打仗，大臣们就吓得直哆嗦，谁也不敢提"抵抗"二字。在这大兵压境的危急时刻，多数大臣都劝魏王，用黄河以北、太行山以南的大片土地向秦王求和。

谋士苏代听了这些话，很不以为然，忙上前对魏王说："大王，他们是因为自己胆小怕死，才让您去割地求和的，根本不是为国家着想。您想，把大片土地割让给秦国，虽然暂时满足了秦王的野心，但秦国的欲望是无止境的，只要魏国的土地没被割完，秦军就不会停止进攻我们。"

苏代继续讲道："从前有一个人，他的房子起火了，别人劝他快用水去浇灭大火，但他不听，偏抱起一捆柴草去救火，因为他不懂得柴草不但不能灭火，反而会助长火势。大王若拿着魏国土地去求和，不就等于抱着柴草去救火吗？"

尽管苏代讲得头头是道，但是胆小的魏王只顾眼前的太平，还是依着大臣们的意见把魏国的大片土地割让给了秦国。到了公元前225年，果然秦军又向魏国发起大举进攻，包围了魏国国都大梁，掘开黄河大堤使洪水淹没了大梁城，魏国终于被秦国所灭。

──● 【智慧解析】

苏代以抱薪救火的故事向魏王说明割地求和的危害。这则故事告诫我们做事情要讲求方法，以免结果与原定的目标背道而驰；要考虑后果，不能只着眼于当下。

──● 【精彩短评】

采取错误的方式去解决眼前问题会使问题更加严重。有时可能是出于好心，但是这种好心并不会收到好结果，这是一种愚蠢的做法。所以，当我们面临一个问题或困难时，不能急于采取措施，应该认清楚问题的本质后对症下药，以求事半功倍，否则往往会适得其反。

叶公好龙

　　据说，春秋时期，楚国叶地有个县尹叫沈诸梁，字子高，因自称"叶公"，所以大家都叫他"叶公子高"。

　　叶公嗜龙成癖在当地是出了名的，可以说是无人不知，无人不晓。他家中的梁、柱、门、窗、桌、椅、床、柜上都雕着龙，墙上画着龙，帷帐、坐垫、衾枕上绣着龙，甚至连杯、盘、碗、筷等日用器皿上也雕刻着龙纹图样。他的家简直是一个龙的世界。

　　叶公爱龙如命的美名一传十，十传百，终于传到了天上。天上的真龙听说人间有这么一位叶公竟对自己如此喜爱，如此痴迷，真是无比感动。它决定到人间登门拜访，亲自去向叶公表达真挚的谢意。

　　真龙降临叶公家的时候，叶公正在午睡。他刚好做了一个梦，梦见自己骑在一条巨龙的背上向天空飞去，身边云雾缭绕……忽然，他被一阵"轰隆隆"的雷声惊醒，猛地从床上爬起，朝窗外看去。好家伙！窗外乌云压顶，电闪雷鸣，大雨倾盆，可怕极了。他赶忙去关窗户，不料真龙正巧探进头来，只见它双角耸立，两眼圆睁，好不威风！叶公吓了个半死，拔腿就逃，跌跌爬爬逃进堂屋，又被真龙巨大的尾巴绊了个跟头。他"啊——"地大叫一声，便瘫软在地上，失去了知觉，那模样就如同死了一般。

真龙莫名其妙地看着不省人事的叶公，闷闷不乐地飞回天上去了。它乘兴而来，扫兴而归，到最后也没弄明白自己究竟闯了什么祸。

左邻右舍听说了这件事，都异口同声道："原来叶公喜爱的是那似龙非龙的假龙，而不是真龙呀！"

—•【智慧解析】

叶公在生活中处处表现出自己对龙的喜爱，但是却被真龙给吓晕了。这则故事告诉我们，要表里如一，求真务实，做事不能浮于表面。

—•【精彩短评】

这则故事比喻生动，毫不留情地讽刺了叶公式的人物，深刻地揭露了他们"只喊口号却不行动"的行事作风。也讽刺了那些名不副实、表里不一的人。

害怕影子的人

故事

　　有一个人好像突然得了疑心病，他走在路上发现总有一个黑影跟着自己，再瞧瞧地上，自己每走一步，都会留下一个脚印。于是，他十分惶恐，走几步就朝后看看，那串脚印一直连到他的脚下，还有一个黑影与脚印连在一起。他害怕极了，总想摆脱这个黑影和这些脚印。可是，无论他紧走还是慢走，影子都紧紧地跟着他，怎么也摆脱不了。

　　这个人走呀走呀，心烦意乱，惶恐不堪。当路过朋友家门口时，他实在累得厉害，便进到朋友家里去歇会儿，借机喘息一下。待他进了朋友家门，发现影子不见了，这才算长长嘘了一口气，说："这下好了，这下好了。"

　　朋友见他这般模样，很是奇怪，问他出了什么事。他又不好意思开口说实话，便支吾着说："没什么，没什么，我只是走累了，想在你这里坐一会儿。"

　　跟朋友聊了一会儿天，休息了好半天，又见影子、脚印都没有了，这个人准备起身回家。于是，他向朋友告辞，出门回家。可是，当他走在路上时，发现影子、脚印又出现了，依然是一步不落地紧跟着自己。这下，他更加害怕了，便使劲儿地奔跑起来，试图甩掉影子和脚印。可是，他跑得越快，影子也跟得越快，他跑的步子越多，脚印也就越多。他想，可能是自己跑得不快才甩不掉影子的，于是更加拼命地跑了起来，一下也不敢停，甚至路过家门口时也不敢进去，因为他害怕把影子和脚印带回家去。他就这样拼命地不停奔跑，终于筋疲力竭、心力交瘁而死。

这个人实在是太愚蠢了，只要有光亮就会有影子，没必要产生恐惧，更没必要摆脱它。即使实在不愿看到自己的影子、讨厌自己的脚印，那也只需要往阴影处一站就可以了，靠跑是不可能摆脱影子和脚印的。

——●【智慧解析】

一个人因为总是看到有黑影和脚印跟着他而感到害怕，他认为只要跑得快就可以甩掉它们了，最终跑得筋疲力竭、心力交瘁而死。这则寓言故事告诉我们：解决问题，需要找到正确的方法。

——●【精彩短评】

当我们遇到困难的时候，切不可慌张，要保持冷静。人处于惊慌失措的状态时，会做出错误的判断，甚至做出一些荒唐的事情。保持冷静，更有助于看清情况，针对问题想出解决的方法。

仁智的孙叔敖

故事

孙叔敖小时候就勤奋好学，尊敬长辈，孝敬母亲，很受邻里的喜爱。

有一次，孙叔敖在外面玩耍，忽然看到路上爬着一条双头蛇。他以前听别人说，谁要是看见双头蛇，谁就会死去。孙叔敖乍一见到这条蛇，不免一惊。他决定马上把这条双头蛇打死，不能再让别人看见。于是他拾起路边的大石块，砸死了双头蛇，并把它深深地埋了起来。

回到家里，孙叔敖闷闷不乐，饭也不吃，一个人坐在油灯前看书发呆。他母亲看到这孩子的情绪有些不对头，便问他道："孩子，你今天是怎么啦？"孙叔敖抬头看了看母亲，摇摇头说："没什么。"然后低下头去，依然无精打采。

母亲伸出手，摸了摸他的额头说："莫不是生病了？"

孙叔敖再也憋不住了，一下扯住母亲的衣袖伤心地哭起来。母亲感到十分诧异，问道："孩子，你到底出了什么事啊，哭得这么伤心？"

孙叔敖边哭边说："今天我在外面看到了一条双头蛇。我听人说，看见这种蛇的人会死去的。要是我死了，我就再也见不到您了……"

母亲边安慰他边问道："那条蛇现在在哪里呢？"

孙叔敖边擦眼泪边回答说："我怕再有人看见它也会死去，就把它打死，埋起来了。"

听了孙叔敖的话，母亲很感动，她高兴地摸着孙叔敖的头说："好孩子，你做得对。你的心肠这么好，你一定不会死的。好人总有好报的。"

孙叔敖半信半疑地看着母亲，点了点头。

后来，孙叔敖长大成人，由于他的学识过人，品德好，做了楚国的令尹。他还没正式上任，老百姓就已经很信赖他了。

孙叔敖在面对"死亡"时，还能为别人着想，后来能取得老百姓的信赖也就不足为奇。可见，能为他人着想的人，会受到大家的拥护和信任。

─●【智慧解析】

孙叔敖看见一条双头蛇，怕别人看见也会死，便将它打死并埋了，这体现了他的仁智和为他人着想的品质。他的事迹告诉我们一个道理：能为大家着想的人，大家也会拥护和信任他。

─●【精彩短评】

我们要懂得为他人着想，做一个心存善良的人。

楚王的宽容

故事

　　一次，楚庄王因为打了大胜仗，十分高兴，便在宫中举办了盛大的晚宴来招待群臣。宫宴的场面十分热闹，楚王也兴致高昂，叫出最宠爱的妃子许姬，让她替群臣斟酒助兴。

　　忽然一阵大风吹进宫中，蜡烛被风吹灭，宫中一片漆黑。黑暗中，有人扯住许姬的衣袖想要调戏她。许姬顺手拔下了那人的帽缨，并马上挣脱离开。然后，许姬来到庄王身边告诉庄王说："有人想趁黑暗亲近我，我已拔下了他的帽缨，请大王快吩咐点灯，看谁没有帽缨就把他抓起来处置。"

　　庄王说："且慢！今天我请大家来喝酒，酒后失礼是常有的事，不宜怪罪。再说，众位将士为国效力，我怎么能为了显示你的贞洁而辱没我的将士呢？"说完，庄王不动声色地对众人喊道："各位，今天寡人请大家喝酒，大家一定要尽兴，请大家都把帽缨拔掉，不拔掉帽缨不足以尽欢！"

　　于是，群臣都拔掉自己的帽缨，庄王命人重新点亮蜡烛，宫中一片欢笑，众人尽欢而散。

　　三年后，晋国侵犯楚国，楚庄王亲自带兵迎战。交战中，庄王发现自己军中有一员将官总是奋不顾身地冲杀在前，所向无敌。众将士也在他的影响和带动下，奋勇杀敌，斗志高昂。这次交战，晋军大败，楚军大胜回朝。

战后，楚庄王把那位将官找来，问他："寡人见你此次战斗奋勇异常，寡人平日好像并未给过你什么特殊好处，你为什么如此拼死奋战呢？"

那名将官跪在庄王阶前，低着头回答说："三年前，臣在大王宫中酒后失礼，本该被处死，可是大王不仅没有追究、问罪，反而还设法保全了臣的颜面，臣深受感动，将大王的恩德牢记在心。从那时起，我就时刻准备用自己的生命来报答大王的恩德。这次上战场，正是我立功报恩的机会，所以我才不惜生命，奋勇杀敌，就是战死疆场也在所不惜。大王，臣就是三年前那个被王妃拔掉帽缨的罪人啊！"

一番话使楚庄王和在场将士大受感动。楚庄王走下台阶将那位将官扶起，将官已是泣不成声。

—●【智慧解析】

本文讲述了楚庄王因为宽容而赢得将领信任的故事，以简洁的语言来告诉我们为人要宽容。

—●【精彩短评】

有时候，对他人的宽容正是对自己的宽容。

空中楼阁

故事

　　从前，有个有钱人，他生来愚蠢，又不愿意读书、学习，却总自以为是，常常干出一些让人哭笑不得的事来。

　　有一次，他到另一个有钱人家里做客，见到人家的府第是一座三层的楼房，高大庄严又宽敞壮丽，看上去很是阔气。而且，站在三层楼上，还能看见远方美丽的景致，真是妙极了。他不禁十分羡慕，心想：要是我也有一幢这样的三层楼房，那该多好啊！我也可以站在我的三层楼上，喝茶观景，要多惬意就有多惬意！

　　他回到家里，马上叫人请来泥瓦匠，吩咐道："给我建一座三层楼房，越快越好！"

　　于是泥瓦匠立刻开始动工，打地基，和泥，砌砖头，开始修建楼房的第一层。

　　有钱人天天跑到工地上去看，过了几天地基打好了。又过了几天，砌了几层砖。再过几天，砖砌得高了一点儿。有钱人想楼房都快想疯了，而今过了这么些天，他的楼房还没见到个影子。实在等得不耐烦了，他就跑去问泥瓦匠："你们这是建造的什么房子啊，怎么一点儿也不像我要的楼房呢？"

泥瓦匠答道："不是照您的吩咐在建楼房吗？这只是第一层。"

有钱人又问："这么说，你们还要修第二层？"

泥瓦匠奇怪地回答："当然了。这有什么问题吗？"

有钱人一听，马上火冒三丈，暴跳如雷地说道："蠢东西，我看中的是第三层，叫你们修的也是第三层，还修第一层、第二层做什么？"

这个有钱人真是让人又好气又好笑，没有第一、第二层楼房，哪里来的第三层呢？

这则寓言故事告诉我们：做事情要踏踏实实，打好基础，否则我们的理想就像这个有钱人的空中楼阁一样，永远是虚幻的。

——●【智慧解析】

这则故事主要讲述了一个有钱人想盖空中楼阁的事情，反映了他的愚蠢和做事情不脚踏实地。告诫我们做事情要踏踏实实，一步一个脚印地打好基础。

——●【精彩短评】

空中楼阁是不可能存在的，因为它没有基础，只是一个幻想而已。这也说明不管是做人还是做事，都应该踏踏实实，都需要打好基础。要一步登天，那只能是空想。

桑中李树

　　从前，有一个人外出，带了一些李子在路上吃。他一路走一路津津有味地嚼着李子，一会儿就吃完了，只剩下了几个李子核。把李子核扔到哪里去呢？这人一抬头，见旁边几步路远的地方有一棵桑树，不知道什么原因，树干上有一个大洞，里面已经空了。于是，他顺手把李子核扔进了树洞里。想了想，又弄来些泥土填进树洞将李子核盖上。他这样做倒也并不是为了种出李子来，只是图一时好玩罢了，他盖完土就走了，也没当成一回事。日子一长，他也慢慢地把这事给忘了。

　　再说那被土盖上的李子核，天下雨时便得到雨水的滋润，在树上栖息的鸟儿拉的粪便成了它们的天然肥料。后来，有一颗李子核竟真的发出芽来，长成了一棵李树。有人见到桑树里长出了李树，觉得很神奇，就把这怪事告诉了周围的人。

　　有个害眼病的人听说了，认为这棵李树可能是一棵神树，就拄着拐杖摸索着来到李树下，向它许愿说："李树啊，您如果能保佑我的眼疾消除，我就献给您一头小猪。"他一说完，就觉得眼睛疼得没那么厉害了。又过了些天，他的眼睛竟慢慢地好了。他高兴极了，逢人就说："桑树里长出的那棵李树治好了我的眼睛，果真是一棵神树啊！"然后，他准备了小猪，叫人敲锣打鼓地抬到李树下去还愿。附近的人都来看热闹，大家都知道了这棵李树是神树。

就这样，"神树"的事一传十，十传百，很快远近的人就都知道了，而且越传越神："那棵李树能让盲人重见光明呢！""那棵李树可以医治百病呢！"……人们都带着供品慕名而来，祭拜这棵"神树"，希望它能保佑自己。

过了几年，当年那个顺手将李子核扔进桑树洞的人又经过这里，听说了"神树"的事，又见到大家争相祭拜它的盛况，就到树边去看个究竟。这一看不要紧，他不禁哑然失笑："这棵树是我前些年种下的呀，有什么神奇的呢？"

─●【智慧解析】

扔李子核的人一语中的，"神树"的神，不过是大家捧出来的罢了。那个害眼病的人病好了只是偶然，或者根本就只是他自己的心理作用帮他医好了病，哪里是李树保佑的呢？

这则故事告诫我们：遇事应该冷静分析，理智地做出判断。

─●【精彩短评】

不应该不加思考就盲目相信传言，要从客观角度出发去看待事情。

造父学驾车

　　造父是古代的驾车能手，他在刚开始向泰豆氏学习驾车时，对老师十分谦恭，非常有礼貌。可是三年过去了，泰豆氏却什么技术也没教给他，造父仍然执弟子礼，丝毫不怠慢。这时，泰豆氏才对造父说："古诗中说过：'擅长造弓的巧匠，一定要先学会编簸箕；擅长冶金炼铁的能人，一定要先学会缝接裘皮。'你要学驾车的技术，首先要跟我学快步走。只有你走路能像我这样快了，你才可以手执六根缰绳，驾驭六匹马拉的大车。"

　　造父赶紧说："我保证一切都按老师的教导去做。"

　　泰豆氏在地上竖起了一根根木桩，铺成了一条窄窄的仅可立足的道路。老师首先踩在这些木桩上，来回疾走，快步如飞，从未失足跌下过。造父照着老师的示范刻苦练习，仅用了三天时间，就掌握了快步走的全部技巧和要领。

　　泰豆氏检查了造父的学习成果后，不禁赞叹道："你是多么机敏灵活啊，竟能这样快地掌握快行技巧！凡是想学习驾车的人都应当像你这样。现在你走路是得力于脚，同时受心的支配；现在你要用这个原理去驾车，为了使六匹马走得整齐划一，就必须掌握好缰绳和嚼口，使马走得缓急适度，互相配合，恰到好处。你只有在内心真正领会和掌握了这个原理，同时通过调试适应了马的脾性，才能做到在驾车时进退合乎标准，转弯合乎规矩，即使跑很远的路也仍有余力。真正掌握了驾车技术的人，应当是双手熟练地握紧缰绳，全靠心的指挥，上路后既不用眼睛看，也不用鞭子赶，内心悠闲放松，身体端坐正直，六根缰绳不乱，二十四只马蹄落地不差分毫，进退旋转样样合于节拍。如果驾车达到了这样的境界，车道的宽窄只要能容下车轮和马蹄就够了。无论道路险峻还是平坦，对驾车人来说已经没有什么区别了。这些，就是我的全部驾车技术，你可要好好地记住！"

泰豆氏的话强调了苦练基本功的重要性。要学会一项高超的技术，必须掌握过硬的基本功，然后才能得心应手，运用自如。学习驾车如此，做其他事情也应当如此。

——●【智慧解析】

本文讲述了造父学驾车的故事，告诉我们要学会一门高超的技术，就必须练就过硬的基本功。

——●【精彩短评】

学本领需要我们脚踏实地学，掌握好基本功，太过浮躁或急于求成则很难学好。

豹将军出征

故事

　　虎王派豹将军出征之后，很快就传来了不幸消息：豹将军因重伤不治，已经尸横战场。

　　朝中大臣纷纷议论。熊太师说："豹将军生性粗暴，有勇无谋，根本就不是将才！"狐丞相说："豹将军残害生灵，草菅人命，我早就知道它是不会有好下场的！"狼御史说："豹将军奸淫掳掠，无恶不作，是个国人皆曰可诛杀的花花太岁，我正想参它一本，把它法办。死在战场上，算是便宜了它！"其他官员也都指出了豹将军的种种劣迹。

　　不久，豹将军派信鸽送来捷报，捷报中说：豹将军身先士卒，虽身负重伤，仍英勇杀敌，已经大获全胜，即将班师回朝。熊太师、狐丞相、狼御史闻讯立即到京城百里以外去迎接。

　　见到了豹将军后，熊太师说："豹将军迂回包抄，深入敌后，首歼敌酋，智勇双全，真是举世无双的将才！"狐丞相说："豹将军军纪严明，恩威并济，我早就知道您是会旗开得胜的！"狼御史说："豹将军威风凛凛，仪表堂堂，使得敌人闻风丧胆。我一定向虎王奏报，请虎王晋升您为总领兵马大元帅！"其他官员也都对豹将军赞扬备至。

　　豹将军和出城欢迎的大臣们一一拱手行礼，连声称谢，嘴角却浮着一丝不易察觉的带有嘲弄意味的微笑，因为它深知：如果它打了败仗或是阵亡了，这些家伙一定会大嚼舌头的。

—•【智慧解析】

本文讲述了朝廷众大臣对豹将军的评价前后不一的故事，批判了那些阴险狡诈、阳奉阴违的小人。

—•【精彩短评】

在生活中有一群人，当你风光无限时，他们会来阿谀奉承，锦上添花；而当你穷困潦倒时，他们不仅不会雪中送炭，还会落井下石。这种人最会见风使舵，阳奉阴违，看到你有利用价值的时候，就一窝蜂地凑上来；当你失去了利用价值，他们就会改变嘴脸。所以，我们要练就一双慧眼，明辨是非，识别真诚和伪善。

越人造车

故事

　　越国没有车，越国的人也一直都不懂得该如何造车。越人很希望学会造车的技术，好将车用在战场上，以增强本国的军事力量。

　　有一次，一个越国人到晋国游玩。野外空气宜人，风景美丽，他一路走一路看，不知不觉到了晋国和楚国交界的荒野。忽然，不远处的一件东西将他的视线吸引了过去。"咦，这不是一辆车吗？"这个越人马上联想起在晋国见到过的车。这东西确实是辆车，不过毁坏得很厉害，所以才被人弃置在这里。这车的辐条已经腐朽，轮子也折断了，车辕也毁了，上上下下没有一处完好的地方。这个越人本来也看得不真切，又一心想为没有车的家乡立一大功，就想办法把破车运了回去。

　　回到越国，这个越人便到处夸耀："去我家看车吧，我弄到了一辆车，是一辆真正的车呢，可棒了，我好不容易才搞到的呢！"于是，到他家去看车的人络绎不绝，大家都想一睹为快。几乎每一个人都听信了这个越人的炫耀之辞，人们不禁纷纷议论："原来车就是这个样子啊！""看上去怕是不能用吧，是不是损坏过呢？""你不信先生的话吗？车一定本来就是这个样子的！""对，我看也是。"此后，越人造起车来都模仿这辆破车的样子。

再后来，晋国和楚国的人见到越人造的车，都笑得直不起腰来，讥讽道："越人实在太笨拙了，竟然将车都造成破车，这哪里能用呢？"可是，越人根本不理会他们的讥讽，还是我行我素，造出了一辆辆破车。

终于有一天，战争爆发了，敌人大兵压境，马上就要侵入越国领土了。越人一点儿也不惊慌，从容应战，因为他们都认为现在有车了，再没什么可怕的了。越人驾着破车向敌军冲过去，才冲了没多远，破车就散了架，零件在地上滚得七零八落，越国士兵也纷纷从车上跌落下来。敌军趁乱杀将过来，把越人的军阵冲得乱七八糟，越人抵挡不住，死的死，逃的逃，投降的投降，兵败如山倒。可是，直到最后，他们也不知道自己是败在了车上。

●【智慧解析】

本文讲述了越人依照一辆破车来造车最后导致战争惨败的故事，告诫我们，看问题要透过表面摸清实质。

●【精彩短评】

在向他人学习的时候，一定要找到真谛，不可不了解实情就照猫画虎，生搬硬套。

齐人学弹瑟

古时候，有一种乐器叫作瑟，它能够发出悦耳动听的声音。赵国有很多人都精通弹瑟，使得别的国家的人都羡慕不已。

有一个齐国人非常欣赏赵国人弹瑟的技艺，特别希望自己也能有这样的好本领，就决心到赵国去拜师学弹瑟。

这个齐国人拜了一位赵国的弹瑟高手为师，开始跟他学习。可是，齐国人没学几天就厌烦了，上课的时候经常开小差，不是找借口迟到、早退，就是偷偷琢磨自己的事情，不专心听讲，平时也总不愿意好好练习。

学了一年多，齐人仍弹不了成调的曲子，老师责备他，他自己也有点儿慌了，心里想：我到赵国来学了这么久，如果什么都没学到，就这样回去，哪里有什么脸面见人呢？想虽然是这样想，可他还是不抓紧时间认真研习弹瑟的基本要领和技巧，一天到晚只想着投机取巧。

他注意到师傅每次弹瑟之前都要先调音，然后才能演奏出好听的曲子，于是他琢磨开了：看来只要调好了音就能弹好瑟了。如果我先让人帮我调好了音，再把瑟的那些弦柱都用胶粘牢，固定起来，不就能一劳永逸了吗？想到这里，他不禁为自己的"聪明"而暗自得意起来。

于是，他请师傅为他把瑟调好了音，然后真的用胶把那些弦柱都粘了起来，带着瑟高高兴兴地回家了。

回家以后，他逢人就炫耀说："我学成回来了，现在已经是弹瑟的高手了！"大家信以为真，纷纷请求他弹一首曲子来听听，这个齐国人欣然答应。可是，他哪里知道，他的瑟再也无法调音了，是弹不出完整的曲子来的。就这样，他在家乡父老面前出了个大洋相。

——●【智慧解析】

本文讲述了齐人学弹瑟投机取巧出洋相的故事，告诫我们做事情要脚踏实地，不要总想着行旁门左道。

——●【精彩短评】

学习是一个循序渐进的过程，没有人能一下子就学会所有东西，只有坚持不懈地认真学习，才能学好。大家要明白，成功之路是没有捷径可以走的，想要获得成功，只有脚踏实地去努力。

建筑师的特长

故事

　　从前有一位远近闻名的建筑师。有一天，一个人问他说："先生您究竟有些什么特长呢？"建筑师颇为自豪地回答道："我呀，最擅长衡量木材，按照要建造的房屋的情况，根据木材的具体特点，来选择恰当的木料。我对要建的整幢房子的细节都了然于心，懂得什么地方应该分派什么人去做。只有在我的指挥下，工匠们才能有条不紊地完成工程。如果没有我，房子就建不成了。所以，官府请我去，付给我的工钱是普通工匠的三倍；在私人那里工作，工钱的一大半也归我。"

　　有一天，这个人到建筑师家里去拜访，恰好建筑师家里的床坏了一条腿，建筑师就叫来仆人说："一会儿去请个工匠来修理一下吧。"这个人吃惊地问他说："您天天都和木料打交道，难道连区区一个床腿都不会修吗？"建筑师回答："这是工匠做的事，我怎么会呢？"这个人当着建筑师的面不好再说什么了，却暗暗想道：原来这个建筑师什么本领都没有，只会到处吹牛，骗人钱财呀！

　　后来，京兆尹要修官衙，请的就是这位建筑师，这个人就赶去看热闹。

到了工地上，他看到地上放着成堆的木料，工匠们把建筑师围在中间。建筑师根据房子各部位的建筑需要，在木料上敲打几下，就知道了木材的承受能力。他挥舞着手杖，指着右边说道："砍！"那些拿斧头的工匠就都跑到右边的木料旁砍了起来。建筑师又用手杖指着左边命令："锯！"那些拿锯子的工匠就都到左边锯开了。在建筑师的指挥下，大家都各司其职，按照他的吩咐忙活了起来，没有一个人敢自做主张，不听命令。对于那些不称职的人，建筑师就将其撤下以保证工程的进度，大家也都没有一句埋怨的话。就这样，整个工程被安排得井井有条。建筑师将建造房子的图纸挂在墙上，才一尺见方大小的图，详尽地标出了房子的规格和要求，小到连一分一毫的地方都标出来了。照着它来修建高大的房子，竟然一点儿出入都没有。

这个人这才明白了建筑师的能耐。

建筑师的特长，不在于对建筑工程中不起眼儿的细节进行雕琢，而在于对整体建筑做宏观把握。对于一个人只能要求他擅长的某一方面，硬要提出些苛刻的要求，对其求全责备是不对的。

—•【智慧解析】

建筑师的特长是指挥工程的全局，却不一定是擅长修床腿。这则故事告诉我们一个道理：一个人有某项特长就非常了不起了，不要对其求全责备。

—•【精采短评】

每个人都有自己擅长的本领，在外行人看来他们所做的事情非常简单，其实这只是因为旁观者不了解这一行而导致的。他们所做的事情看似非常简单，实际上却是非常需要技术含量和专业知识的，旁人是做不来的。其实，对于一个人来说，精通一类知识就已经非常了不起了，很多人花一辈子只研究了一样东西，并在他们研究的领域取得了不起的成就。所学的东西往往并不在多，精到就可以了。

　　我们可以展开来想，社会之中，每个人都有属于自己的位置。清洁工负责保持城市的整洁，交警负责保持交通的顺畅，教师负责教育学生……每个人都在自己的岗位上发挥着作用，这些岗位没有高低贵贱之分，也没有轻重之分，因为所有的工作都是非常重要的，都缺一不可。

求千里马

　　传说古代有一位非常喜爱骏马的国君，为了得到一匹良驹，曾许以一千金的代价买一匹千里马。普天之下，可以拉车套犁、载人驮物的骡、马、驴、牛多得是，而千里马却十分罕见。派去买马的人走遍全国，大海里捞针一样地寻找，三年的时间过去了，连个千里马的影子也没有见到。

　　一个宦官看到国君因得不到朝思暮想的千里马而怏怏不乐，便自告奋勇地对国君说："您把买马的任务交给我吧！您只需耐心等待一段时间，就一定会如愿以偿！"国君见他态度诚恳，语气坚定，仿佛有秘诀一般，因而答应了他的请求。这个宦官东奔西走，用了三个月时间，总算打听到了千里马的踪迹。可是，当宦官见到那匹马时，马却死了。

　　虽然这是一件令人非常遗憾的事，但是宦官并不灰心。马虽然死了，但它却能证明千里马是存在的。既然世上的确有千里马，就用不着担心找不到第二匹、第三匹，甚至更多的千里马。想到这里，宦官更增添了找到千里马的信心。他当即用五百金买下了那匹死马的头，兴冲冲地带着马头回去面见国君。宦官见了国君，开口就说："我已经为您找到了千里马！"国君听了大喜，就迫不及待地问道："马在哪里？快牵来给我看！"宦官从容地打开包裹，把马头呈到国君面前。它看上去虽说是一匹气度非凡的骏马的头，然而毕竟是死马的头。那惨淡无神的面容和散发出的腥臭使国君禁不住一阵恶心。猛然间，国君的脸色阴沉下来。他愤怒地说道："我要的是能载我驰骋沙场、云游四方、日行千里的活马，而你却花五百金的高价买了一颗死马的头。你拿死马的头献给我，到底居心何在？！"宦官不慌不忙地说："请国君不要生气，听我细说分明。世上的千里马稀少，不是在养马场和马市上能轻易见得到的。我花了三个月时间，好不容易才遇见一匹这样的马，用五百金买下死马的头，仅仅是为了抓住一次难得的机会。这马头可以向大家证明千里马并不是子虚乌有，只要我们有决心去找，就一定能找到。用五百金买一匹死马的头，等于向天下人昭示国君买千里马的诚意和决心。如果这个消息传扬出去，即使有千里马藏匿于深山密林、海角天涯，养马人知道君王是真心买马，必定会纷纷送马过来。

果然不出宦官所料，此后不到一年的时间，接连有好几个人牵着千里马来见国君。

【智慧解析】●—

本文讲述了一个宦官通过用五百金购买死去的千里马的马头的举动，为国君求得众多千里马的故事，告诉我们做任何事情都要有十足的诚意和决心，这样困难可能会迎刃而解。

【精彩短评】●—

足够的诚意和付出或许就是成功的关键。很多时候，看起来毫无意义的事情，其实是有非常大的作用的，就像本文中宦官用五百金买下一颗没有用的马头一样。这件事情初看是没有意义的，但是宦官的行为让大家知道国君求千里马的决心有多么坚决，这样大家也就愿意将千里马牵来献给国君了。

这也说明当我们想要达到某种目的的时候，若是一种直接的方法不能获得成功，则可以采用迂回的办法来达到。

这则寓言也说明，做事不要吝惜投入和付出，舍得投入则更容易获得更多的回报。

悔之晚矣

鲁国有位宰相很受国君宠信，他就是掌握国家大权的叔孙氏。

叔孙氏手下一位叫竖牛的臣子深得他的信任。叔孙氏国事繁忙，很多事情都全权由竖牛处理。

竖牛心术不正，全凭阳奉阴违、阿谀逢迎博得宠信，内心则藏着阴谋诡计。

叔孙氏有两个儿子，大儿子叫丙，二儿子叫壬。竖牛计划将叔孙氏的两个儿子一一除掉，然后就可以伺机行事。

一天，竖牛带着壬去鲁王府上应差。竖牛有意在鲁王面前夸赞壬如何聪慧、懂事，鲁王也很喜欢壬，便送了一块玉佩给壬。

壬将玉佩带回家，珍藏起来，不敢轻易佩戴。竖牛知道壬想戴玉佩，又恐父亲责怪，便佯装已代壬请求过叔孙氏，告诉壬："你尽管佩戴好了，我已告知你父亲，你父亲应允你佩戴玉佩了。"

壬听了竖牛的话，很高兴，急忙找出玉佩戴上。

一天，竖牛装作无意中提及壬公子如何讨鲁王喜欢，叔孙氏忙问："国君不识我儿，如何谈及喜欢不喜欢之意？"

竖牛故意说："上次您派我去鲁王府，壬一定要跟去，我只好带他去了。鲁王见了公子壬很喜欢，还送给他一块玉佩呢。"

叔孙氏大惊，急唤壬出来见他，果然壬的脖子上戴着一块玉佩。叔孙氏心中大怒："如此没有规矩的儿子，以后必惹祸患。"一气之下，便把壬杀了。

竖牛除去了公子壬，又开始设计陷害公子丙。

叔孙氏曾为大儿子丙铸过一口大钟，预备儿子长大成人之后用。丙每看到大钟，便好奇地想敲敲看，想听听是怎样的钟声，竖牛又佯装代丙请示过父亲，允他敲钟。叔孙氏听见钟声，气得将丙赶出了国都。

一年后，叔孙氏回心转意想要竖牛接公子丙回家，竖牛假说丙执意不归。叔孙氏盛怒之下派人杀了丙。

叔孙氏丧子之后心灰意冷，病卧在床，竖牛趁机掳其财宝逃往齐国。叔孙氏得知此讯，痛心疾首，但悔之晚矣。

──●【智慧解析】

本文讲述了叔孙氏因听信谗言而将自己的两个儿子杀死的故事，告诫我们看待问题要理智冷静地思考、判断，不要轻信别人的话。

──●【精彩短评】

判断事情一定要认真思考，不能轻信他人的妄言，否则很容易被他人利用，做出让自己追悔莫及的事情。

路边的李树

故事

　　古时候有一个叫王戎的人，他小的时候就聪明伶俐、智慧过人，遇事爱开动脑筋，先思考好了再动手做事。

　　有一次，小王戎和一群同村的小孩子一起出去玩耍。大家打打闹闹，不知不觉就来到了村外。

　　孩子们越跑越远，一直跑到了村外的路边。一个眼尖的孩子忽然发现了什么，指着不远处说道："喂，你们看呐，那边好像是一棵李子树，上面还结着果实呢。"

　　大家顺着他指的方向跑过去一看，呀，真的是一棵又高又大的李子树，而且上面结满了熟透的李子，压得树枝都弯了，一个个李子鲜红鲜红的，好像就要滴出汁水一样，十分诱人。

　　孩子们见了树上的熟李子，想起李子那又甜又酸的味道，馋极了，一个个直往肚里咽口水，巴不得马上吃到它。

　　领头的孩子招呼了一声："喂，快上树去摘李子吃啊，还等什么呀！"

　　大家欢呼了一声，挽起袖子和裤腿，往手心里吐了两口唾沫，争先恐后地爬上树，摘了好多李子。

　　王戎却仍然站在树下没动，他转动着那双水灵灵的大眼睛，好像在想着什么。

小孩子们都觉得很奇怪，大声地问他："王戎，你还待在那里干什么，李子这么多，我们根本就摘不完，你快点儿上来呀！"

王戎开口说道："你们不觉得奇怪吗？这棵李子树就长在路边，果实都熟透了，来来往往的过路人那么多，却没有人去摘，到现在，果实还挂满枝头。依我看，这棵树上的李子一定是苦的。"

小孩子们将信将疑地拿起刚摘的李子尝了一口，就马上都"呸呸"地吐了起来。李子果真又苦又涩，难吃极了。这时候，大家都非常佩服王戎的聪明善思。

——●【智慧解析】

王戎善于观察思考，在别人一哄而上摘李子的时候，只有他想到路边的李子可能是苦的。这个故事告诉我们遇事应该多动脑筋，善于观察，勤于思考。

——●【精彩短评】

在生活中遇到那些新鲜的、有诱惑力的事物时，我们应该冷静地思考分析，以便做出正确的选择。

得意忘形的老虎

故事

从前有一个农夫，他家的田地在一片芦苇地的旁边。那芦苇地里时常有野兽出没，他担心庄稼被野兽毁坏，就经常拿着弓箭到庄稼地和芦苇地交界的地方巡视。

这一天，农夫又来到田地边看护庄稼。一天下来，没有什么事情发生，平平安安地到了黄昏时分。农夫见还安全，又感到确实有些累了，就坐在芦苇地边休息。

忽然，他发现芦苇丛中芦花纷纷扬起，在空中飘来飘去。他不禁十分疑惑："奇怪，我并没有摇晃芦苇，这会儿也没有一丝风，芦花怎么会飞起来呢？也许是芦苇丛中有什么野兽在活动吧。"

这么想着，农夫提高了警惕，站起身来一个劲儿地向芦苇丛中张望。过了好一会儿，他才看清原来是一只老虎，只见它蹦蹦跳跳，时而晃晃脑袋，时而摇摇尾巴，看上去好像高兴得不得了。

老虎为什么这么撒欢呢？农夫想了想，认为它一定是捕捉到什么猎物了。老虎早已得意忘形，完全忘了注意周围会有什么危险，屡次从芦苇丛中跳起，将自己的身体暴露在农夫的视野里。

农夫悄悄藏好，用弓箭瞄准了老虎现身的地方，趁它又一次跃出芦苇丛的时候，就一箭射了过去。紧接着，老虎就发出了一声凄厉的惨叫，扑倒在芦苇丛里。

农夫过去一看，老虎的前胸插着箭，身下还压着一只死掉了的獐子。

【智慧解析】

本文讲述了一只得意忘形的老虎被农夫猎杀的故事。故事告诫我们任何时候都要冷静理智，得意忘形会吃亏。

【精彩短评】

无论取得了多么了不起的成绩，我们都不应该得意忘形。得意忘形会让我们失去平常心，也会让我们忽视应该注意的地方，很容易犯错误。

飞必冲天，鸣必惊人

故事

　　春秋五霸之一的楚庄王，在历史上曾为楚国建立过赫赫之功。可是，他在登基的头三年里，却毫无建树。他不理朝政，昼夜猜谜作乐，不听臣子的意见，并扬言：有敢进谏的，就处以死刑。朝廷上下都十分着急——国家有这么个愚顽的国君可怎么得了！

　　看到这种状况，有个叫成公贾的人决定冒死进宫规劝楚庄王。楚庄王对成公贾说："你知道，我是不准人提意见的，你怎么不怕死呢？"

　　成公贾说："我来，不是给您提意见的，我只是想来跟大王一起凑趣解闷儿，猜猜谜语。"

　　楚庄王说："既然这样，那你说个谜我猜。"

　　成公贾说："好哇。"

　　于是，成公贾给楚庄王说了一个谜语："有一只大鸟，停留在南方的一座山上，整整三年了，它不动，不飞，也不叫。大王您说，这是只什么鸟呢？"

　　楚庄王稍做思考，便胸有成竹地说："这只大鸟停在南方的大山上，整整三年没有动，目的是坚定自己的思想和意志；它三年不飞，是在积蓄力量使自己羽翼丰满；它三年不叫，是在静观势态，体察民情，酝酿声威。尽管这只鸟三年来一直没飞，可是一旦它展翅腾飞必将冲天直上；尽管它三年来一直不叫，可是一旦鸣叫起来，必定会声振四方，惊世骇俗。成公贾先生，你放心吧，你的用意，我已经猜到了。"

成公贾惊喜地点点头，欣然离去。

第二天，楚庄王开始上朝处理国事。他根据三年来的明察暗访、调查研究和对大臣们政绩的考察情况，提拔了五位忠诚能干的大臣，罢免了十个奸诈无能的大臣。楚庄王的决策和处事的魄力，使文武百官大为佩服，因此大家都十分高兴。楚国的老百姓也都奔走相告，庆幸有了一位贤明的君王。

—●【智慧解析】

本文讲述了楚庄王通过三年的厚积薄发成就赫赫功业的故事。它告诉我们：做事要注意积蓄底蕴，以取得成功。

—●【精彩短评】

有大智慧的人并不急于表现自己，他们往往先积蓄底蕴，等到基础打好、时机来临的时候，便会一鸣惊人。这也告诉人们，有时候，做事要沉得住气，不要过早地将自己的意图暴露出来。

千里马

这是一匹酷爱奔跑的千里马。

它常常像颗银色的流星，带领马群不知疲惫地奔上峻岭，冲下山坡，越过河流，穿过丛林，在广袤的大地上纵情驰骋。

这天，它来到了一片荒原。长途跋涉使它的体力消耗殆尽，饥饿和干渴接踵而至，让它不得不停下来恢复体力，补充草料和水分。

然而，举目四望，一眼看不到边的荒原上除了偶尔长着一两株浑身是刺的灌木外，到处是被烈日晒得发烫的沙砾。它不禁有些绝望。

正在这时，一个背着巨大行囊的人笑眯眯地走了过来。

"朋友，总是在最需要的时候出现。"他打开行囊，拿出食物和水，亲热地拍拍千里马的后臀说，"我就知道您要来，所以专门为您准备了这些东西，请您笑纳。"

千里马露出警觉的神色，但扑鼻而来的食物的香味和清冽甘甜的水的诱惑力太大了，更何况那人还不断地拍着它的后臀，再三相请呢。千里马觉得盛情难却，心中绷紧的弦也就慢慢地松弛了下来。

岂料，就在它埋头大吃大喝的时候，那人闪电般地给它戴上了笼头，并且飞身骑在了它的背上。这突如其来的变故，使千里马咴儿咴儿地惊叫起来。

"这有什么好惊讶的？"那人勒紧了缰绳，阴险地一笑，"难道你从来都不知道，人之所以爱拍马屁就是为了骑马吗？"

说罢，那人毫不客气地挥起了马鞭。

因为一时的贪念而落入圈套的千里马，从此成了一匹任人役使的坐骑。

─●【智慧解析】

本文叙述了一匹自由的千里马因为贪念而落到被人骑乘役使的地步的故事，告诫我们不要轻信那些爱拍马屁的人的话。

─●【精彩短评】

对于那些阿谀奉承的人一定要保持警惕之心，不能因为对方几句赞美之词就放松警惕。更不要因为贪念而什么都不顾，使自己陷入危险的境地。

仁慈的祭祀者

故事

从前，有几位商人准备到很远的地方去做生意，据说那地方的生意非常好做。

出发前，他们想到路途太远，又不太熟悉，于是决定请一位向导带路，这样会省去很多麻烦。

向导找到了，商人们上路了。很多天以后，他们来到一个陌生的地方。在空旷的城外有一座祠庙，据当地人讲，凡外地人途经此地，如果不用活人做祭祀是很难通过的，而且说不定会遇到灾祸。

商人们停留在城外，大家围在一起，商量对策。

一位商人说："我们大家都是好朋友，而且我们每个人对朋友都是那么仁慈和真诚，谁能忍心用朋友的生命去祭祀呢？"

另一位商人也说："这件事真是个不小的难题，我们之中，不仅是朋友，还有人是更近的亲戚关系，这种事谁也下不了手。"

大家你一言，我一语，谁也没有想到更好的办法。时间过去了整整一天，想到远方诱人的生意，几个商人都心急如焚。

突然，有人把目光落在了向导的身上。那人犹豫了一下，还是犹犹豫豫地说出了自己的想法："我看……我们之中，唯有向导……向导和我们非亲非故，既然不祭祀过不了这道关口，我想是不是……就用向导来祭祀，你们看如何？"

大家听了那个人的话，纷纷点头称是。

他们这些自我标榜为"仁慈"的商人，此刻心里却全没了这两个字。他们把向导找来，说明了他们的想法，但是没容向导争辩，就把向导杀死了，并且很快将尸体摆上祭台。祭祀一结束，几位商人便毫无愧色地上路了。

又走了一段路之后，前边出现了一望无边的荒漠。荒漠上寸草不生，更没有树木和水源，几位商人迷了路，心里急得像着了火。这时，他们才想到，如果有向导带路，怎么也不会走进这样的绝境。一切都晚了，商人们最终被困死在荒漠里。

【智慧解析】

几个商人用向导的命来祭祀，以图通过祠庙，但最终他们因没有向导带路而被困死在荒漠。这则故事告诫人们做事情不能只顾自己，并且要给自己留点儿余地，否则早晚会自食恶果的。

【精彩短评】

做人要怀有一颗仁慈之心，对他人仁慈就是对自己仁慈。

仆人看家

故事

　　有一次，一个富人要出门远行。临行前，主人把仆人叫到身边，对他说："我要出去几天，你在家要好好守着门，这是顶顶重要的事。再有就是注意把驴子拴好，不可让它跑丢了。"

　　主人的话，仆人一一记在心上，连连点头，表示没问题："放心吧！主人，我一定会牢牢记住您的话，不会有一点儿疏忽。"

　　主人上路了。仆人在家安分地看着门。日子虽然有点儿寂寞，但这个忠于职守的仆人，牢记主人的嘱咐，没有一点儿擅离职守。

　　这天，仆人在家中坐着，忽然听到离家不远处有鼓乐声传来。

　　仆人听着外边的锣鼓声，心想："一定有好戏，如果能去看看该多好啊！"

　　但是，想到主人的嘱咐，仆人又犹豫了："如果能想出一个两全其美的办法就好了。"

　　终于他想出了一个主意。

　　仆人把房门卸下来，把驴牵出来，让驴驮着门板，然后牵着驴，放心地去看戏了。

　　仆人心里很踏实，看戏的时候时刻也没放松对驴和门板的注意。同时，仆人心里还感到特别得意，因为他想出了这么两全其美的办法。

一个小偷从富人家门口路过，意外地发现这家竟然没有门，于是大摇大摆地走进去想看个究竟。没想到，家里居然一个人也没有，而且一眼看出这家很富有。小偷乐坏了，心想："这真是天赐良机啊！让我不费吹灰之力就可以得到一大笔财富。"

小偷很顺利地把很大一堆财宝扛走了。

富人外出而归，见家中财物被洗劫一空，于是对仆人大发雷霆，责问仆人怎么没看好家。

仆人心平气和地说："主人，您只是嘱咐我看好门和驴子，这两样东西完好无损，您为什么还要责怪我呢？。

●【智慧解析】

本文讲述了一个仆人看家却只看守门和驴子的故事，讽刺了那些做事死板，不懂得变通的人。

●【精彩短评】

做事一定要从实际情况出发，切不可生搬硬套。即使知道做法不合情理也还要去做，就会导致非常糟糕的后果。

秀才的"大志"

故事

　　从前，有两个穷酸秀才，他们一样地四体不勤、五谷不分，不学无术，一天到晚装模作样，自命清高。虽然衣服又旧又破，常常连肚子都填不饱，可他们依旧鄙视劳动。

　　一个炎炎的夏日，这两个秀才聚到一起了。他们走到村边，坐在一个大树墩上，一人拿着一把破旧的大蒲扇，不停地摇着，驱赶着蚊虫。看着农人正在田地里辛苦地干活，颗颗汗珠滴在土地上，两秀才大发感叹。

　　一个秀才说："他们真苦啊！这么辛苦，能得到什么呢？我这一辈子虽说也穷困，可是我只要吃饱了饭、睡足了觉也就行了。我最讨厌的就是像他们这样下地去干活，面朝黄土背朝天的，太胸无大志了。将来有朝一日我得志了，我一定先把肚子填得饱饱的，吃饱了再睡，睡足以后再起来吃，那该是多有福气呀！有了这样的福气，就算是实现我的大志了！老兄，你说是不是这样啊？"

　　另一个秀才不同意这个秀才说的话。他回答说："哎呀！老兄，我和你可不一样啊！我的原则是吃饱了之后还要再吃，哪有工夫去睡大觉呢？我要不停地吃。这才是人世间最大的乐趣，这才是我的大志啊！"

　　两个人喋喋不休地谈论着他们的"大志"，原来只不过是想不劳而获、坐享其成，所以到头来也只不过是竹篮打水一场空。

两秀才的"大志"实在是可悲又可卑，这种狭隘自私的寄生虫最终只能遗人笑柄。

——●【智慧解析】

本文通过讲述两个穷酸秀才的"大志"，讽刺了他们以及像他们一样的人，批判了他们的狭隘自私，好吃懒做，胸无真正的大志。

——●【精彩短评】

一个真正有大志的人，首先应当是身体力行的人，而不是只会夸夸其谈的人。好高骛远，只知道坐享其成，什么都不愿意去做，就像寄生虫一样可悲。我们切不可像他们一样，有了梦想之后就要脚踏实地，一步一个脚印地朝着目标努力。

纪昌学射箭

故事

　　飞卫是古时候的一位射箭能手。有一个名叫纪昌的人，去拜飞卫为师，跟着他学射箭。

　　飞卫收下纪昌做徒弟后，对他学习射箭要求非常严格！飞卫对纪昌说："你真的要跟我学射箭吗？要知道不下苦功夫是学不到真本领的。"纪昌表示，只要能学会射箭，他不怕吃苦，愿听老师指教。于是，飞卫很严肃地对纪昌说："你要先学会不眨眼，做到了不眨眼后才谈得上学射箭。"

　　纪昌回到家里，仰面躺在妻子的织布机下面，两眼一眨不眨地直盯着妻子织布时不停踩动的踏脚板。天天如此，月月如此，心里想着飞卫老师对他的要求和自己向飞卫老师表示过的决心：要想学到真功夫，成为一名箭无虚发的神箭手，就要坚持不懈地刻苦练习。这样从不间断地坚持练了两年，即使锥子的尖端刺到了眼眶边，他也能做到不眨一下眼睛。纪昌于是整理行装，离别妻子，去见老师飞卫。飞卫听完纪昌的汇报后却对纪昌说："你还没有学到家呢！要学好射箭，你还必须练好眼力，要练到看小的东西像看到大的一样，看隐约模糊的东西像明显的东西一样。你还要继续练，练到那个程度，你再来告诉我。"

纪昌又回到家里，选了牦牛尾巴上最细的一根毛，一端系上一只小虱子，另一端悬挂在自家的窗口，两眼注视着那个小虱子。看呀，看呀，他一直目不转睛地看。十天不到，那虱子似乎渐渐变大了。他继续看，目不转睛地看。三年过去了，纪昌眼中的那个系在牦牛毛下端的小虱子又渐渐地变大了，仿佛有车轮那样大。纪昌再看其他的东西，似乎全都变大了。于是，纪昌找来用北方的牛角制作的强弓，由北方的蓬竹削成的纤细的利箭，左手拿起弓，右手搭上箭，目不转睛地瞄准那仿佛车轮大小的虱子，将箭射过去，箭头恰好从虱子的中心穿过，而悬挂虱子的牦牛毛却没有被射断。这时，纪昌才深深体会到要学到真本领非下苦功夫不可。他便把这一成绩告诉了老师飞卫。

飞卫听了很为纪昌高兴，甚至高兴得跳了起来。他走过去向纪昌祝贺道："你成功了。射箭的奥妙，你已经掌握了！"

─●【智慧解析】

本文讲述了纪昌学射箭的故事。他从练习基本功开始，稳扎稳打，最终学得高超的射箭技术。这个故事告诉我们，做事应该聚精会神，练好基本功，下足功夫。

─●【精彩短评】

无论学习什么技术都没有捷径可走，都必须按照要求严格训练，不可偷懒，也不可马虎行事。练好基本功，打好基础，才更容易由浅入深地掌握这门技术。当然，学习的过程是非常辛苦而且枯燥的，需要学习者有极大的毅力。

同时，在学习的过程中，名师的教导和学习者的虚心好学也是非常重要的，这样可以让学习者少走弯路，得到事半功倍的效果。

爱钱的人

很久很久以前，在一个村子里住着十几户人家，其中有一家是富户。这个富户的主人是个贪财如命的大财主，专门剥削村里的穷人。

这个财主拥有一座富丽堂皇的大宅院——前后几进院，房屋雕梁画栋，如同人间仙境。

财主的家中只有他和他十岁的儿子，其余全都是用人。这几日财主每天坐在家中看着用人们进进出出，心中十分烦恼。他时常想，他拥有这么大的家业，只有他和儿子两个人，万一有一天用人们不老实，偷偷拿了他的东西，他都不知道，那不是白白损失了吗？思前想后，他最终决定辞掉所有用人，把房子卖掉，统统变换成金子埋起来，自己和儿子只住两间小房子，和平常人家一样。

可是，从这以后，财主最担心的便是埋在墙根儿底下的那堆金子，他每天都要把金子挖出来看看。看过之后就像吃了定心丸一样，晚上才能睡得安稳。财主经常这样做，很快就引起了别人的注意，尤其是他家附近住着的那个农夫。这个农夫是个单身汉，靠卖力气为生。他精明细心，那个财主的行为早就引起了他的怀疑。"不知道这个大财主又想什么鬼主意了。"他想，于是便暗暗跟踪财主。

　　一天，财主又来到墙根儿下。他四处望望，见没人，便蹑手蹑脚地用铁锹挖了起来。他挖了好久，面露笑容地弯下腰，捧出一个坛子，然后打开盖子从里面拿出一块沉甸甸的金子。他看了看金子，随即又放了回去，按原样埋好。他以为一切干得神不知鬼不觉，没想到却被树后的农夫看得一清二楚。

　　农夫终于明白是怎么回事了。他见财主走远了，就来到墙根儿下把金子挖了出来，拿回了家。他把村子里贫苦的人召集起来，向大家说明了事情的经过。大家平时对财主的吝啬和贪婪非常痛恨，便把财主的金子给分了。

　　再说财主，第二天又来挖金子，却发现那地方已经空了。这个打击对他来说，就好像有人掏去了他的心肝一样。他揪住头发，顿足捶胸，哭得死去活来。有人见状，问清了缘由，便对他说："别伤心了，反正你的钱埋在地下也没用，就像埋石头一样，倒不如你拿块石头放在那儿，就当是金子埋在那儿，不是一样吗？"

——●【智慧解析】

　　财主害怕自己的家产被用人们偷走，便将家产变卖，换成金子埋在了墙根儿下，每天都要挖出来看上一眼。但是，后来金子还是丢了。这个事例告诫我们不要把钱看得太重，否则就成了金钱的奴隶。

——●【精彩短评】

　　一个只知道剥削他人的人是不会受到人们尊重的，一旦人们找到机会，就会对他进行报复。这说明一个人怎样对待别人，别人也会怎样对待他。

华歆与王朗

故事

　　华歆与王朗是一对好朋友，两个人都很有学识，德行也受到大家的称赞，分不出谁好一些，谁差一点儿。

　　有一年，洪水泛滥，淹没了许多村庄和大片良田，百姓叫苦连天。华歆和王朗的家乡也遭了灾，房子都被大水冲走了，盗贼趁火打劫，四处作案，很不太平。无奈，华歆和王朗只得和几个邻居一起坐船去逃难。

　　船上的人都到齐了，物品也装妥了，马上就要解缆离岸出发。这时候，远处忽然奔过来一个人，只见他背着包袱跑得气喘吁吁，大汗淋漓，也顾不得擦汗，一边朝这边挥手一边扯开嗓子大叫道："先别开船，等等我，等等我呀！"

　　这人好不容易跑到船跟前，上气不接下气地说："其他船都坐满了人，没有船能容下我，我远远看到这边还有一条……船，就跑过来……求求你们……带上我……一起走吧……"

　　华歆听了，皱起眉头想了想，对这个人说："很对不起，我们的船也已经满了，你还是另想办法吧。"

　　王朗却很大方，责备华歆说："华歆兄，你怎么这样小气，船上还很宽敞嘛，见死不救可不是君子所为，带上他吧。"

华歆见王朗这样说，就不再坚持，略微沉思片刻，答应了那人的请求。

华歆、王朗他们的船平安地走了没几天，就碰上了盗贼。盗贼们划船追过来，眼看越追越近了，船上的人们都惊慌不已，不知该怎么办好，拼命地催促船家快些、再快些。

王朗也害怕得不行，他找华歆商量说："现在我们遇上盗贼，情况紧急，船上人多，没有办法驶得更快。不如我们叫后上船的那个人下去吧，也好减轻些船的重量。"

华歆听了，严肃地回答道："开始的时候，我考虑良久，犹豫再三，就是怕人多了行船不便，弄不好会误事，所以才拒绝了他。可是现在既然已经答应了他，怎么能够出尔反尔，因为情况紧急就把他甩掉呢？"

王朗听了这番话，面红耳赤，羞愧得说不出话来。在华歆的坚持下，大家始终没有抛弃那个后上船的人。而他们的船也终于在大家的共同努力下，摆脱了盗贼，安全地到达了目的地。

【智慧解析】

本文讲述了华歆与王朗让人搭船的事情，赞美了华歆深谋远虑、重承诺，在紧急关头还能临危不乱的品质。

【精彩短评】

做人做事要信守承诺，既然是答应了别人的事情，就一定要做到。

鲁国少儒士

鲁哀公对拜见他的庄子深有感慨地说："咱们鲁国儒士很多，唯独缺少像先生这样从事道的人才。"

庄子听了鲁君的判断，却不以为然地持否定态度："别说从事道的人才少，就是儒士也很缺乏啊。"

鲁哀公反问庄子："你看全鲁国的臣民几乎都穿戴儒者服装，能说鲁国少儒士吗？"

庄子毫不留情地指出他在鲁国的所见所闻："我听说在儒士中，头戴圆形礼帽的通晓天文；穿方形鞋的精通地理；佩戴五彩丝带系玉的遇事清醒果断。"庄子见鲁王认真听着，接着表达自己的见解："其实，那些造诣很深的儒士平日不一定穿儒服，着儒装的人未必就有真才实学。"

他向鲁王建议："您如果认为我判断得不正确，可以在全国范围发布命令，宣布旨意：凡没有真才实学的冒牌儒士而穿儒服的一律问斩！"

鲁哀公采纳了庄子的谏言，在全国张贴命令。不过五天，鲁国上上下下就再也看不见穿儒服的"儒士"了。唯独有一男子，穿戴儒服立于宫门前。鲁哀公闻讯立即传旨召见了他。鲁哀公见来者仪态不俗，用国家大事考问他，提出的问题五花八门，对方思维敏捷，对答如流，果然是位饱学之士。

　　庄子了解到鲁哀公下达命令后，仅有一位儒士被国君召进了宫，敢于回答问题，便发表自己的看法："以鲁国之大，举国上下仅一名儒士，能说人才济济吗？"

―●【智慧解析】

　　本文讲述了庄子告诉鲁哀公鲁国儒士少，并向他证明这一观点的故事，说明应该广纳那些有真才实学的人，抛弃滥竽充数的人。

―●【精彩短评】

　　夸夸其谈的人往往特别注重形式上的东西，喜欢弄虚作假，附庸风雅，这样的人其实没有真才实学。

　　要知道真才实学不是靠衣着来体现的，形式不能取代本质。同时，它也表明了一种社会现象：一种思想、学说或职业变得非常受欢迎与流行后，就会有人弄虚作假，附庸风雅，把自己装扮成在这方面很博学的人，借以谋取私利。大家一定要牢记越是注重形式、不讲求实际效果的人，越有可能是一个夸夸其谈却很难付诸行动的人。

寻找珠宝

故事

　　从前，有一个很穷的村子。那里土地贫瘠，长不出多少庄稼，为此，村民们都感到很苦恼，不知道该用什么法子才能多挣些钱。

　　村边有一条赤水河，绕村而过。谁也不知道它的源头在哪里，又要流到哪里去，也不知道它这样流淌了多少年。村里有位长着长长的白胡子的老人，他是村里年岁最大的人。他常常讲："听前辈们说，赤水河是当年嫦娥奔月时，因怀恋人间流下的泪水而形成的，里面还有她留下的一串项链。年深月久，项链散了，成了一粒粒闪着黑光的价值连城的珠宝。谁要是能捞到它，谁就会发大财。"

　　村里有几个水性好的青年，听信了这话，决心去赤水河里找珠宝。这一天，张三、李四、王五约好了，一同来到赤水河，跳下去摸了起来。张三深吸了一口气，沉入水中东摸摸，西探探，忽然手触到一样硬东西。他心里一阵高兴，想：这一定就是珠宝了。他拿着这个东西浮出水面上来一看，这东西圆圆的，闪着黑光。其实，这只是一颗螺蛳，可是他一心一意想着珠宝，就根本不往别的东西上去考虑。于是，他狂喜地举着螺蛳往家跑，一路高喊："我找到珠宝了！我找到珠宝了！"李四和王五一个摸到了蚌壳，一个摸到了鹅卵石和碎瓦片，他们也和张三一样，都认为自己得到的就是珠宝，兴高采烈地拿回家去了。

村民们闻讯赶去观看，大家都交口赞叹道："总算捞到珠宝了，这下我们该发财了！"

人群之中只有一个叫象罔的人，看出那不过是些不值钱的东西，就用袖子掩面而笑。村民们见他笑，都愤怒极了："象罔实在不知好歹，居然敢嘲笑我们！"于是，大家群起而攻之，把象罔赶出了村子。

村民们的确很愚蠢，竟然把破烂当作了珠宝。但是有时候，财迷心窍的人就是会做蠢事的。

──●【智慧解析】

本文以几个青年将普通的东西当作珠宝的故事，讽刺了村民们的做法，也批判了那些财迷心窍的人。

──●【精彩短评】

当一群愚蠢的人聚集在一起时，他们会为他们愚蠢的观点和想法感到洋洋得意，一旦有聪明人说出实情，他们便会群起而攻之。这种人不仅不能意识到自己的错误，还会攻击那些和自己意见不同的人，实在是愚昧至极。这也说明有时候真正掌握真理的人，是很难被大家所理解的。

对待金钱，我们应该保持淡然的态度。一旦过度重视金钱，很容易让自己迷失本性，做出一些愚蠢的行为。

书呆子赶鸡

故事

　　有个书呆子一天到晚只待在家里看书，什么事也不会做，整天依赖妻子，饭来张口，衣来伸手。

　　这天黄昏，妻子在地里干完活回家，只见自家的鸡还没有回窝。她自己又要忙着做饭，没工夫去张罗赶鸡，就对丈夫说："我要做饭，你去帮我把鸡都赶进窝去。"

　　丈夫答应了。他放下书本跑到外面，去把鸡赶回家。

　　书呆子看到自家的那几只鸡，连忙上去一阵猛赶，结果那几只鸡吓得惊慌失措，乱飞乱窜。他只好停下来朝鸡扬起手慢慢示意，于是那些鸡又停在那里东瞧西望。等鸡刚刚安定下来，要向北面走去，书呆子赶忙上前将鸡拦住，鸡吓得一掉头又朝南边跑去。书呆子急了，又赶到鸡的前面将鸡拦住，鸡又重新掉头朝北跑去。就这样，他靠近鸡时，鸡就吓得到处扑腾；他远离鸡时，鸡又停住不走。折腾到天都黑下来了，还有三只鸡依然没赶回窝。

　　妻子做好了饭，还不见丈夫赶鸡回家。她出屋一看，书呆子站在那里一副无可奈何的样子，额上还淌着汗。妻子很是生气，教他说："应该这样赶鸡：在鸡安闲的时候慢慢靠近它；如果它惊恐不安，你就扔点儿食物去引诱它们。不能像你这样粗暴地乱赶一气，要慢慢引诱着赶。你尽量把鸡赶到熟悉的路上，让它们慢慢安静下来，它们自然而然地就会直奔回窝了。这才是最好的赶鸡方法。"

书呆子恍然有所悟，说："想不到赶鸡也有学问，怎么书本上就见不到呢？"

这个书呆子只会读死书，对书本以外的东西一无所知。其实做任何事情都有它的方法和规律，如果不讲究方式、方法，只是想当然地蛮干，则很难把事情做好。

─●【智慧解析】

书呆子赶鸡的故事告诉我们，不能一味死啃书本，还要到实践中去学习。做事情要讲方法，不能蛮干。

─●【精彩短评】

做事应该讲究方法，不能蛮干，不然的话很难把事情做好。

这个故事也告诉我们，不要像书呆子一样只知道死读书，而不知道学习生活中的经验。

杞人忧天

故事

　　春秋时期，有一个杞国人，他总是担心有朝一日会突然天塌地陷，让自己无处安身。他为此愁得成天吃不香，睡不安。

　　后来，一个朋友得知他的忧虑之后，担心这样下去会损害他的健康，于是特意去开导他："天，不过是一些积聚的气体而已。而气体是无处不在的，比如你抬腿弯腰，说话呼吸，都是在天际活动，为什么你还要担心天会塌下来呢？"

　　那个杞国人听了，仍然心有余悸地问："如果天是一些积聚的气体，那么天上的太阳、月亮、星星，会不会掉下来呢？"

　　开导他的朋友继续解释："太阳、月亮、星星，也都只是一些会发光的气团，即使掉下来了，也不会伤人的。"

　　可是，杞国人的忧虑仍旧没有消除，他接着问："那么要是地陷下去了呢？又该怎么办？"

　　他的朋友又说："地，不过是些堆积的石块而已，它填塞在东、南、西、北四方，没有什么地方没有石块。比如，你站立、踩踏、行走，都是在地上，为什么要担心它会陷下去呢？"

　　杞国人听了朋友的这番开导之后，终于放下心来，又高兴了起来。他的朋友也为他不再被无端的忧愁损伤身体而感到欣慰了。

当时，楚国有位思想家名叫长卢子，他在听说了杞国人和朋友的对话之后，不以为然。他笑着评论道："那些彩虹呀，云雾呀，风雨呀，一年四季的变化呀，所有这些积聚的气体共同构成了天；而那些山岳呀，河海呀，金木火石呀，所有这些堆积物共同构成了地。既然你知道天就是积气，地就是积块，那你怎么能断定天与地不会发生变化呢？依我看，所谓天地，不过是宇宙间的小小物体，但它在有形之物中又是最大的一种，其本身并未终结，难以穷尽。因此，人们对这件事也很难想象，不易认识，这都是很自然的。杞国人担心天会塌、地会陷，这确实想得太远。然而，他的朋友说天塌地陷是根本不可能的，这也不对。天与地不可能不坏，而且终究是要坏的，有朝一日它真的要坏了，人们又怎能不担心呢？"

——●【智慧解析】

本文讲述了一个杞国人整天担心天塌地陷的故事，还有长卢子的评论。这些内容告诉我们，不要去无谓地担心，不过也要全面、辩证地看待问题。

——●【精彩短评】

我们要胸怀大志，心境开阔，为了实现远大的理想，把整个身心投入学习和工作中去，而不是整天为一些没有必要的事情担忧。

李离殉法

李离是春秋时期晋国掌管刑罚的最高长官。他执法如山，公正不阿，将法律看得比生命更重要，是我国历史上一位了不起的人物。

李离断案，一向都是细致入微，所以他经手的案子从无差错。可是有一天，李离在查阅过去的案卷时，竟发现了一起错判的冤案，他感到惊骇不已，惭愧万分。他觉得自己犯下了不可饶恕的罪过，不但不配再做执法的长官，而且给国家的法律抹了黑。于是，李离让手下人将自己捆绑起来，送到晋文公那里，请求晋文公将自己处死。

晋文公对李离这种严于律己的行为十分赞赏，也为他的诚心实意所感动。晋文公不但没有怪罪李离，还亲自为他解开身上的绳索。

晋文公劝李离说："这件案子是地方官员搞错的，并不是你的罪过。再说，每个官员的职务有高有低，因此相应的处罚也该有轻有重。何况这件案子又不是你直接办理的，我怎么能怪罪于你呢？"

可是李离依然长跪不起，他坚持说："臣下的官职最高，从没把自己的权力让给下属；平时享受的俸禄也最多，也并没有把俸禄分给下属。今天我有了过错，怎么可以把责任推给下面的人呢？现在出了错案，我理当承担罪责。还是请大王将我处死吧。"

晋文公有些不高兴了，说："你认为下属出了问题，责任在你这个上司的身上。如果照你的逻辑去推断，那不是连我也该有罪了吗？"

李离回答说："我是掌管刑罚的最高长官，国家法律早有规定：判错刑者服刑，杀错人者要被杀。大王信任我，将执行国家刑罚的重任交给了我，而我却没能深入调查，明断真伪，以至于造成了错杀无辜的冤案。按法律我应受到处置，因此处死我是理所当然！如果我不自觉伏法，那法律的尊严还能受到别人的重视吗？"

说完，李离猛地从卫士手里夺过宝剑，使尽力气朝自己脖子上抹去，顿时鲜血迸溅，气绝身亡。

晋文公阻拦不及，好长时间都唏嘘不已。

——【智慧解析】

李离发现了一起错杀无辜的案件，他认为这是自己的过错，因而最后自杀，以身殉法。这则故事体现了他的优秀品质：办案公正不阿、执法如山，且尊重法律、捍卫法律尊严。

——【精彩短评】

李离用自己的行为诠释了"法律面前人人平等"的思想，在那样一个年代，属实难能可贵。

扁鹊说病

　　春秋时期有一位名医，人们都叫他扁鹊。他医术高明，经常出入宫廷为君王治病。有一天，扁鹊去见蔡桓公。行礼完毕，他侍立在桓公身旁细心观察其面容，然后说道："我发现君王的病在皮肤的纹理之间，您应及时治疗，以防病情加重。"桓公不以为然地说："我一点儿病也没有，用不着治疗。"扁鹊走后，桓公不高兴地说："医生总爱在没有病的人身上显示能耐，以便把别人健康的身体说成是被自己医治好的。我不信这一套。"

　　十天以后，扁鹊第二次去见桓公。他察看了桓公的脸色之后说："您的病已经到肌肉里面去了，如果不治疗，病情还会加重。"桓公还是不信。扁鹊走了以后，桓公对"病情还会加重"的说法深感不快。

　　又过了十天，扁鹊第三次去见桓公。他看了看桓公，说道："您的病已经发展到肠胃里面去了，如果不赶紧医治，病情将会恶化。"桓公仍不相信。他对"病情恶化"的说法更加反感。

　　又隔了十天，扁鹊第四次去见桓公。两人刚一见面，扁鹊扭头就跑了。这一下倒把桓公搞糊涂了，他心想："怎么这次扁鹊不说我有病了呢？"桓公派人去找扁鹊问原因。扁鹊说："一开始桓公的疾病在皮肤的纹理间，用热水或热药敷治就可以治愈；稍后他的病到了肌肉里面，用针灸术可以攻克；后来桓公的病患至肠胃，服草药汤剂还能有疗效。可是目前他的病已进入骨髓，人间医术就无能为力了。得这种病的人能否保住性命，那就是掌管人生命的神的事情了，大夫是没有办法了。我若再说自己精通医道，手到病除，必将遭来祸害。"

五天过后，桓公浑身疼痛难忍。他感到情况不妙，主动要求找扁鹊来给他治病。被派去找扁鹊的人回来后说："扁鹊已逃往秦国去了。"桓公这时后悔莫及。最后，桓公在病痛中死去。

──●【智慧解析】

扁鹊为蔡桓公看病，但是桓公不相信扁鹊的话，等到他后悔时却已经晚了，最后桓公不治而亡。这个故事告诫我们要善于倾听别人的建议，防微杜渐。

──●【精彩短评】

对于自身的疾病以及社会上的不良倾向，不要讳疾忌医，而应正视问题，防微杜渐，及早采取措施，予以妥善解决。否则，等到病入膏肓，或酿成大祸之后，就会无药可救。

邾君为甲

古时候，在现今山东省邹城市一带曾有一个国名为邾的小国。这个国家的将士所穿的战袍，一直用帛制作的。

因为用帛缝制的战袍不结实，所以邾国有个名叫公息忌的臣子向邾君建议说："做战袍还是以丝线做材料为好，战袍耐用的关键在于缝制必须严实。虽然用帛缝制的战袍从外观上看也很严实，但是由于帛本身不结实，我们只需一半的力气就可以把它撕开。如果我们先把丝线织成布料，再用这种布料制作战袍，即使你用尽全身的力气去撕它，也不能把它撕破。"

邾君觉得公息忌的话很有道理，但是担心一时找不到这种原料，因此对公息忌说："缝制战袍的人上哪儿去弄那么多的丝制布料呢？"公息忌回答说："只要说是国君想用丝制布料，老百姓还有生产不出来的道理吗？"邾君想到改变邾国多年沿用的以帛做战袍的传统并不困难，于是说了一声："好，就按你的想法去办吧！"随后，邾君下令全国各地的官府立即督促工匠改用丝制布料做战袍。

公息忌知道邾君的政令很快就要在各地施行起来，所以叫自己家里的人动手去搓丝线。那些因为公息忌在君王面前露了脸而妒忌他的人，看到公息忌家里的人又走在别人前面搓起丝线来了，于是借故到处中伤他说："公息忌之所以要大家用丝制布料制作战袍，原来是因为他家里的人都擅长制作丝线！"

郅君听了这种说法以后很不高兴。他马上又下了一道命令，要求各地立即停止丝制布料的生产，还是按老规矩用帛做战袍。

郅君不注意搓丝线和提高战袍质量在目标上的一致性，仅以一些流言蜚语来做决策是十分愚蠢的。

—●【智慧解析】

本文讲述了郅君听信谗言而随意改变决策的故事，讽刺了那些像他一样做事不加思索、轻易听信流言蜚语的人。

—●【精彩短评】

判断一个人的言行是否正确，不能以某个人的好恶为标准，而应该看它是否符合国人的共同利益。在生活中，一些喜欢嫉妒的人看到别人比自己优秀，就会散播谣言诋毁对方，如果领导者听信谣言，就会失去优秀的人才，所以要懂得明辨是非，不要相信谣言。

秀才讨钱

一位秀才正在书房里读书，突然听见敲门声。开门一看，原来是位白发苍苍、相貌古怪的老翁。秀才把老翁让进屋后，便问老翁姓名，老翁说："我姓胡，名叫养真，其实是千年修炼得道的狐仙。因为仰慕秀才您的才学，愿和您交个朋友，谈谈学问和诗文。"

秀才从来脾气随和，听了这番话并没有大惊小怪，便同老翁谈论了起来。老翁十分博学，谈吐极为精彩、风雅，说起经史百家的经典要义，居然能阐发深透，解释精妙，出口成章。秀才感到很出乎意料，因此，对老翁十分佩服，从此两人结为知交。

有一天，在交谈中秀才小声地请求老翁道："您对我很好，可是，您看我这么穷，有时连饭都吃不饱。您是得道仙人，只费举手之劳，金钱肯定会马上到手。真对我好，何不给我一点儿小小的接济、帮助呢？"老翁一听，沉默了一会儿，有点儿不以为然的样子。稍后又笑道："这很容易，但需要十几个钱作母钱，好生许多子钱。"秀才照办了。老翁同秀才来到一间密室，一边慢慢踱步，一边嘴里念咒语。忽然，只见钱堆了半屋，足有三尺高。老翁问秀才："您看够了吗？""够了，够了！"秀才喜不自禁。于是两人先后出来，把门关好。送走老翁后，秀才就进密室去取钱。

可开门一看，满屋的钱顷刻都不见了，只剩下原来用作母钱的十几个钱还稀稀落落地丢在地上。秀才大失所望，气呼呼地去责问老翁为何欺骗和戏弄自己。老翁淡淡地对秀才说："我本来是要和您结个笔墨之交，相互切磋，并没想到跟您合谋去广积钱财。刚才满屋子钱都是我临时从别人那里借来的，为了保持清白，只好又还给人家了。如果您还想发额外之财，就请您去跟会偷盗的'梁上君子'做朋友吧！老夫不能成全您了。"说完，老翁拂袖而去。

●【智慧解析】

本文讲述了老翁为秀才变钱，又将钱送走的故事，目的是告诫我们要交与自己志趣相投的朋友，同时警示人们做人不能贪婪。

●【精彩短评】

交朋友要以真诚相待，你用真心对待别人，别人也会用真心对待你。

黔驴技穷

 故事

　　古时候，贵州一带没有驴，那里的人们对于驴的相貌、习性、用途等都不熟悉。有个多事的人，用船从外地运了一头驴回贵州，可是一时又不知该派什么用场，就把它放到山脚下，任它自己吃草，散步。

　　一只老虎出来觅食，远远地望见了这头驴。老虎从来没有见过驴，看到这家伙身躯庞大，耳朵长长的，脚上没有爪却长着蹄子，样子挺吓人的。老虎有点儿害怕，在心里琢磨："什么时候跑出来这么个怪物，看上去似乎不太好惹。还是不要贸然行事，观察一下再说吧。"

　　连续几天，老虎都只敢躲在密密的树林里面观察驴的行为。后来老虎觉得驴好像不是很凶猛，就大着胆子小心翼翼地靠近它，但还是没有搞清楚它到底是个什么东西。

　　有一天，老虎正慢慢地接近驴，驴忽然长叫了一声，声音十分响亮。老虎吓了一跳，以为驴想吃掉它，回头转身就跑。跑到较远的地方，老虎又仔仔细细地观察了驴一番，觉得它似乎没什么特别厉害的本领。

　　又过了几天，老虎渐渐习惯了驴的叫声，于是它又进一步和驴接触，以便更深入地了解它。老虎终于走到驴身边，围着它又叫又跳，有时还跑过去轻轻碰一下驴的身体再跑开。

驴终于被老虎戏弄得愤怒极了，就抬起蹄子去踢老虎。开始的时候，老虎还有点儿惊惶失措，不久见驴再也没有新的技能，终于明白了，原来驴也只有这么一点儿本事。

老虎非常高兴，嘲笑驴说："你这个没用的大家伙，原来也就这么几招本事啊！"说着老虎就跳起来扑上去，咬断了驴的喉管，吃光了驴的肉，心满意足地离开了。

【智慧解析】

虽然驴子身躯庞大，外表唬人，但是没有几招真本事，最后还是被老虎吃掉了。这则故事告诉我们一个道理：要有真才实学才能在现实社会中生存下去。

【精彩短评】

外表看似强大的东西，也许会有致命的弱点。没有真本事，仅靠花哨的外表唬人，是不会长久的，到头来，吃亏的总还是自己。

赵奢秉公办事

故事

赵奢年轻的时候，曾担任赵国征收田税的小官。官职虽小，可赵奢忠于职守，不畏权势，秉公办事。

一次，赵奢带着几名手下到平原君家去征收田税。平原君名叫赵胜，是赵国的相国，又是赵王的弟弟，地位尊崇。平原君的管家见赵奢前来收税，根本不把他放在眼里，态度十分骄横。他招来一伙家丁，把赵奢和几个手下人围了起来，不但拒缴田税，还无理取闹。赵奢十分气愤，他大喝道："谁敢聚众闹事，拒缴国家税收，我就按国法从事，不论他是谁！"管家仗着自己是平原君家的下人，对赵奢的话不以为然。结果，赵奢真的依照当时的国家法律，严肃地处理了这件事，杀了平原君家的管家在内的九个参与闹事的人。

平原君知道这件事后，大发雷霆，扬言要杀掉赵奢。有很多人都劝赵奢赶快逃到别国去躲一躲，以免遭杀身之祸。

可是赵奢一点儿也不害怕，他说："我以国家利益为重，依法办事，为什么要逃避？"他主动上门到平原君家去，用道理规劝平原君说："您是赵国的王公贵族，不应该放纵下人违反国家法令。如果大家都不遵守国家法律，都拒不缴纳国家田税，那国家的力量就会遭到削弱。国力一削弱，就会遭到别国的侵犯，甚至还会把我们赵国灭掉。如果到了那一天，您平原君还能保住现在这样的富贵吗？像您这样身处高位的人，如果能带头遵守国家各项法令、制度，带头缴纳田税，那么上上下下的事情就可以得到公平合理的解决，天下人也会心悦诚服地缴租纳税，那么，国家也就会强盛起来。国家强盛，这其实也是平原君您所希望的呀。您身为王族贵公子，又担当相国重任，怎么可以带头轻视国家法令呢？"

一席话说得平原君心服口服，也让他对赵奢以国家利益为重、秉公办事的态度十分赞赏。他认定赵奢是个贤能的人才，就把赵奢推荐给赵王，赵王命赵奢统管全国赋税。

打这以后，赵国的税赋公正合理，适时按量收缴，谁也不徇私情。赵国国库日益得到充实，老百姓也渐渐富裕起来。

赵奢不畏权势，奉公执法，如果人人都这样，何愁国家不强盛！

──●【智慧解析】

本文讲述了赵奢秉公收取国税，并以道理劝说平原君缴纳田税的故事，突出赵奢秉公办事、不畏权势的优秀品质。

──●【精彩短评】

在国家利益面前，权位再高的人都要让步。我们要以国家利益为重，而不是以个人利益为重。

妄语害人

从前，村子里有一个姓张的人，这人性情乖张、狡诈，对人从不说实话，即使对至亲也是鬼话连篇。人们便给他取了个绰号，叫他"鬼火"，意思是他说出的话，就像夜晚坟地里的鬼火一样，影影绰绰，时隐时现，让人捉摸不透。

不了解他的人，有时向他问路或请教做事，一定会被他的谎话骗得很苦。所以，凡是认识他的人，没有谁会相信他，他的人缘自然也很不好。

有一天，鬼火和父亲到外乡走亲戚，回来的时候天已经黑下来了，他们只好连夜赶路回家。

鬼火和父亲出了村子不远便迷了路，不知该往哪边走。借着月光，他们看见前边不远处有几个人坐在田埂上说话，鬼火便向那几个人打听路："请问诸位，往张庄怎么走才对？"

那几个人用手一指："往北一直走，两个时辰就到了。"

鬼火和父亲按照那些人的指点，一直往北走去，走了差不多有两个时辰，终于发现不对，那里根本没有村庄的影子，极目所见全是庄稼地。

正在犹豫不决时，迎面走过来两个人，鬼火赶紧向这两个人打听："请问，往张庄怎么走才对？"

那两个人往左边路上一指，说："往那边走，不太远了。"

父子俩又按这两个人的指点往左边的路上走去，没走多远，便陷进了泥沼。两个人慌了手脚，拼命往外挣扎，结果越陷越深，急得父子二人大叫："救命啊！救命啊！"

这时，父子二人隐隐约约听到身边有人在一边笑一边说，却看不见人影："哈哈，让你也尝尝谎话骗人的滋味。"

【智慧解析】

本文讲述了一个姓张的人经常骗人，后来他和父亲也被人骗了一回，遭到了报应的故事，告诫我们为人要诚实，要懂得善待别人。

【精彩短评】

做人要诚实，真诚地对待他人，也会赢得他人的真诚对待。如果你总是欺骗他人，那么别人就不会再相信你的话。一旦你遇到困难，向他人求助时，别人也会认为你在捉弄他，那时候，你连能帮助自己的人都找不到了。而且一个总是欺骗他人的人，不仅得不到他人的信任，而且还会遭到人们的厌弃，有时候也会被人以其人之道还治其人之身。

捕蛇人的苦衷

在永州城的野外，有一种十分珍稀的蛇，这种蛇周身呈黑色，并有白色花纹。虽然它的外表并没有什么奇特之处，但用它的剧毒制成的蛇药具有的特殊功效，让人不得不刮目相看。

这种蛇的毒性很强。凡它经过的地方，花草树木一概因受毒而枯死。人如果被它咬伤，根本无药可治，只能束手待毙。可是，如果能够捉到这种蛇，并将其晒干，制成蛇药，却可以治许多疑难病症。

为此，皇帝曾下旨，普告永州百姓，凡能捕到此种毒蛇者，可以此顶替租税。

每年，御医都要奉圣旨到永州来征收这种毒蛇。永州的百姓也确实有很多人以捕蛇为业。

一个姓蒋的人家已经有三代捕蛇的经历了。蒋先生的祖父是第一代从事捕蛇工作的，他用大半生来捕蛇，最后不幸死于毒蛇的剧毒；他的父亲也是一辈子从事这种工作，结果也死在了捕蛇这件事上；蒋先生自己也已经人到中年，捕了二十多年蛇，经历了无数次危险，多少次也差点儿死在毒蛇的口里。蒋先生每当与人谈起捕蛇的事，话语中便充满了悲哀和痛苦。

有一次，有人问他："你既然那么憎恶这项工作，又何必继续做呢？干脆换个别的事去做，即使重新恢复缴纳税赋，也没什么不行的。"

蒋先生连连摇头，哀伤地流下眼泪，悲痛欲绝地回答："你们不了解这里的情况才会这样想。我如果不做这项工作，就更活不下去了。我们家三代人，几十年生息在这里，这里百姓的境况我们看得清清楚楚。他们的生活眼看着一天比一天艰难，每家每年的所有收入统统交给官府作为租税，有时还不够。挨饿受冻是常有的事。我原先的乡亲邻居如今死的死，逃荒的逃荒，已经没有几家能安生地住在这里了。和他们相比，我虽然每年要冒两次险，但总还有温饱的日子可过，也就不能不知足了。"

─●【智慧解析】

本文讲述了一个姓蒋的先生憎恶捕蛇这项工作，但他为了生活又不得不干这份工作的故事，体现了当时的百姓生活非常艰苦。

─●【精彩短评】

苛政猛于虎，提醒当权者要善待民众，因为水能载舟，亦能覆舟。

塞翁失马

从前，有位老汉住在边塞地区，来来往往的人都尊称他为"塞翁"。塞翁生性达观，为人处事的态度令人佩服。

有一天，塞翁家的马不知什么原因，在放牧时竟迷了路，回不来了。邻居们得知这一消息以后，纷纷表示惋惜。可是塞翁却不以为意，他反而释怀地劝慰大伙儿："丢了马，当然是件坏事，但谁知道它会不会带来好的结果呢？"

果然，没过几个月，那匹迷途的老马从塞外跑了回来，还带回了一匹边塞的骏马。于是，邻居们又一齐来向塞翁贺喜，并夸他在丢马时说的话有远见。然而，这时的塞翁却忧心忡忡地说："唉，谁知道这件事会不会给我带来灾祸呢？"

塞翁家添了一匹骏马，他的儿子喜不自禁，于是天天骑马兜风，乐此不疲。有一天，儿子骑马出行竟从马背上掉了下来，摔断了一条腿。善良的邻居们闻讯，赶紧前来慰问，而塞翁却还是那句老话："谁知道它会不会带来好的结果呢？"

又过了一年，边塞形势骤然紧张，身强力壮的青年都被征发当了兵，结果十有八九都在战场上送了命。而塞翁的儿子因为是跛腿，被免服兵役，所以他们父子得以避免了这场生离死别的灾难。

━●【智慧解析】

　　本文讲述了塞翁处事的态度与众不同，他总能想到事情的反面，所以即便他的儿子摔断了腿，他也不伤心。这个故事告诉我们做事情要一分为二地全面分析。

━●【精彩短评】

　　任何事情都不是绝对的，大家看待问题的时候，也不要轻易下结论。在一定的条件下，对立的两个方面是可相互转换的，所以在看待问题时，一定要一分为二地全面分析。在对待祸福问题上，遇到好运时，要居安思危，不能得意忘形；遇到祸患时，不要惊慌失措，要临危不惧。有时候好事也能转化为坏事，坏事也有可能转化为好事。

　　还有，人一定要保持乐观、积极向上的心态，这样不管面对怎样的情况，都能沉着冷静应对。

愚公移山

太行和王屋两座大山，方圆七百余里，高逾万丈，传说是从冀州与河阳之间迁移而来的。

那还是在很久很久以前，在北山有位名叫愚公的老人，快到九十岁了，他的家门正好对着这两座大山。由于大山阻塞交通，他们与外界交往要绕行很远很远的路，极为不便。为此，愚公将全家人召集到一起，共同商议解决的办法。愚公提议："我们全家人齐心合力，共同来搬走门前的这两座大山，开辟一条直通豫州南部的大道，一直通到汉水南岸。你们说怎么样吗？"大家纷纷表示赞同这一主张。

这时，只有愚公的老伴有些担心，她瞧着丈夫说："靠您的这把老骨头，恐怕连魁父那样的小山丘都削不平，又怎么对付得了太行和王屋这两座大山呢？再说啦，您每天挖出来的泥土、石块，又往哪儿搁呢？"儿孙们听后，争先恐后地回答道："将那些泥土、石块都扔到渤海湾和隐土的北边去不就行了？"

决心既下，愚公即刻率领子孙中能挑起担子的三个人挑上担子，拿起锄头，干了起来。他们砸石块，挖泥土，用箕畚运往渤海湾。他家有个邻居是寡妇，只有一个七八岁的小男孩，也蹦蹦跳跳地赶来帮忙。工地上好不热闹！任凭寒来暑往，愚公祖孙很少回家休息。

有个住在河曲名叫智叟的人，他看到愚公率子孙每天辛辛苦苦地挖山，觉得十分可笑。他劝阻愚公说："你也真是傻到家了！你这一大把年纪，恐怕连山上的一棵树也摇撼不动，你又怎么能搬走这两座山呢？"

愚公听后，不禁长长地叹了一口气。他对智叟说："你的思想呀，简直到了顽固不化的地步，还不如那位寡妇和她的小儿子哩！当然，我的确是活不了太久。可是，我有儿子，儿子又生孙子，孙子还会生儿子，这样子子孙孙生息繁衍下去，是没有穷尽的，而眼前这两座山却是再也不会增高了。只要我们坚持不懈地挖下去，还愁挖不平吗？"面对愚公如此坚定的信念，智叟无言以对。

当山神得知这件事后，担心他们挖山不止，便去禀告了玉帝。玉帝被愚公的精神感动了，于是派了两个大力士神来到人间，将这两座山给背走了，一座放到了朔方的东部，一座放到了雍州的南部。从此以后，冀州以南一直到汉水南岸，就再也没有高山阻挡了。

──●【智慧解析】

本文讲述了愚公一家人移走挡道的王屋和太行两座大山的故事。故事中，愚公下定决心移山，并率领子孙一起来挖山，他们的决心和行动感动了玉皇大帝，玉皇大帝命人将这两座大山背走了。这个故事赞扬了愚公持之以恒的精神和坚定的信念。

──●【精彩短评】

无论遇到什么困难的事情，只要有恒心，有毅力，坚持不懈地做下去，就有可能成功。

万字难写

故事

　　汝州农村有个老翁，家道十分殷实。可是，他祖祖辈辈都是文盲，连"之、乎、者、也"这样简单的字都不认识。因为不识字，所以做起事来都极不方便，老翁尝够了苦头，决心让儿子念书识字。

　　有一年，老翁聘请了一位楚国的读书人教他儿子认字。第一天上学，先生用毛笔在白纸上画了一笔，告诉老翁的儿子："这是个'一'字。"老翁的儿子学得很认真，牢牢地记住了，回去后就写给老翁看："我学了一个字——'一'。"老翁见儿子学得用功，看在眼里，喜在心里。

　　第二天上学，先生又用毛笔在纸上画了两笔，说："这是个'二'字。"这回，儿子不觉得有什么新鲜了，记住后就回家了。

　　到了第三天，先生用毛笔在纸上画了三笔，说："这是个'三'字。"儿子眼珠一转，仿佛悟到了什么，学也不上了，扔下笔就兴高采烈地飞奔回去了。他找到父亲说："认字实在简单，孩儿已经学成了。现在不用麻烦先生了，免得花费这么多的束脩，请父亲把先生辞了吧。"见到儿子这么聪明，老翁高兴地准备酬金辞退了先生。

　　过了几天，老翁想请一位姓万的朋友来喝酒，就吩咐儿子一大早起来写个请帖。儿子满口答应了："行，这还不容易吗。看我的吧。"

　　老翁看儿子蛮有把握，就放心地去做其他事情了。时间慢慢地过去，眼看太阳都快偏西了，还不见儿子写好，老翁不禁有些急了，他等了又等，终于不耐烦了，亲自到儿子房里去催促。

　　进得门来，老翁见儿子愁眉苦脸地坐在桌边，纸在地上拖得老长，上面尽是黑道道。儿子正拿着一把蘸满墨的木梳在纸上画着，一见父亲进来便埋怨道："天下的姓氏那么多，他为什么偏偏姓万呢？我借来了母亲的木梳，一次可以写二十多画，从一大早写到现在，手都酸了，也才写了不到三千画！'万'字可真难写呀！"

──●【智慧解析】

　　老翁的儿子认为读书很简单，自作聪明，最后闹出笑话。这则故事讽刺了像他这种不求甚解、自以为是的人。

──●【精彩短评】

　　做人不能自作聪明，这样不仅学不到知识，还可能闹出大笑话。在学习的过程中，我们更要脚踏实地，认认真真地学习，不然什么也学不好。

大鹏与焦冥

故事

　　晏子是齐国有名的贤相。他很有学问，且足智多谋，善于讽喻又敢于直谏。经常跟齐王一起议论国家大事和谈论学问。

　　有一天，齐景公和晏子聊天。齐景公问晏子说："天下有极大的东西吗？"晏子回答说："有啊！大王想要我说给您听吗？"齐景公说："我想知道天底下最大的生灵是什么。"

　　晏子说："在北方的大海上，有种叫大鹏的鸟，它们的脚游动在云彩之中，背部高耸入青天，而尾巴则横卧在天边。大鹏在北海中跳跃着啄食，它的头和尾就充塞在天和地之间。它的两个阔大的翅膀一伸展，就无边无际看不到尽头。"

　　齐景公惊奇地说："真是不可想象！不可想象啊！那么，天下有没有极小的生灵呢？"晏子回答说："当然有。东海边有一种小虫，它小到可以在蚊子的眼睫毛上筑巢。这种小虫子在巢里一代一代地繁衍生息。它们经常在蚊子的眼皮底下飞来飞去，可是蚊子连丝毫的感觉也没有。"

　　齐景公说："太妙了，我从来没有听说过这种新奇的事，那是什么虫子呀？"

　　晏子说："我也不知道确切的名字叫什么，只听说东海边有些渔民称这种虫子为'焦冥'。"

齐景公十分感慨地说："世界之大，真是无奇不有啊！"

大鹏和焦冥，是先人们想象中的极大和极小的生灵。宇宙中物质的存在和运动，形式是极其复杂多样的，因此，我们对世界的认识和对知识的追求也是永无止境的。

——●【智慧解析】

这则故事讲述了晏子向齐景公介绍了天下极大的生灵和极小的生灵，告诉我们对世界的认识和对知识的追求是永无止境的。

——●【精彩短评】

世界之大，无奇不有。不要学到一点儿知识就沾沾自喜，以为自己懂得很多。其实，宇宙中物质的存在和运动是极其复杂多样的，不是我们一下子能够完全了解的，需要我们不断地去认识，去探索。所以，不管在什么情况下，我们都应该保持谦虚谨慎的态度，遇到自己不懂的事情要不耻下问，要主动向他人学习。只有不断地学习和探索，才能掌握更多的宇宙奥秘。

曹冲称象

　　三国时期，魏王曹操有个小儿子，叫曹冲。曹冲自幼聪明伶俐，机智过人，深得曹操喜爱。曹冲做事爱动脑思考，虽然当时只有五六岁，却可以想出办法来解决一些连大人都束手无策的问题。

　　有一天，吴王孙权派人给曹操送来了一头大象作为礼物。北方是没有大象的，曹操第一次见到这样的庞然大物，心下很是好奇，就问送大象来的人说："这头大象究竟有多重？"来人回答："鄙国从来没有人称过大象，也没有办法称，所以不知道大象有多重。早就听说魏王才略过人，手下谋士众多，个个都智慧超群，请您想个办法称称大象的重量，也让我等领教一下北方大国的风范。"

　　曹操顿时明白这是孙权给他出的一道难题，他可绝对不能丢这个面子，让国威受损。于是，他召集群臣，传令下去：能称出大象重量的人重重有赏。大家都绞尽了脑汁，苦苦思索。有人说要做一杆大秤，曹操反驳说："就是做出来了，也没有人能提得动啊。"有人说要把大象锯成一块块地再称，曹操斥责说："怎么可能把吴国送的礼物毁坏成这样呢？"人们你一言我一语，就是没人能想出一个切实可行的办法来。

　　就在大伙儿一筹莫展之际，小曹冲走到曹操身边说道："父王别着急，我有办法。我们先把大象牵到船上，在船帮齐水处做个记号，再将大象牵走，把石头装到船上去，一直装到水面到达船帮先前做的记号为止，这时石头的重量就和大象的重量相等了。然后，我们再把石头分别称一称，把这些重量加起来，不就知道大象有多重了吗？"

曹操听了大喜，众人也对曹冲的聪慧赞叹不已。就这样，大象的重量终于被称出来了。

——•【智慧解析】

这个故事讲述了曹冲如何帮曹操称出了大象的重量，体现了曹冲的聪慧过人和善于思考。

——•【精彩短评】

能否解决问题不在于年龄大小，关键在于是否善于观察和能否开动脑筋。

思考问题时，不要让我们的思维受到限制，要学着从多个角度思考解决办法。

薛谭学唱歌

故事

古时候有个很喜欢唱歌的人，名叫薛谭。他在学习唱歌的时候，拜当时唱歌唱得非常好的秦青为老师。秦青也很耐心地教他，告诉他应该怎样练音，怎样唱出节拍，怎样在唱歌时投入情感等。薛谭学了一段时间后，他唱的歌好听多了。但是，他还没有把秦青的本领全部学到手便自以为学会了，认为自己可以出师了，便向秦青提出要告辞回家。

秦青知道薛谭不打算继续学习而要告辞回家后，并没有加以劝阻。在薛谭临行的那天，秦青在郊外的大路旁摆了酒为他饯行。当饮完饯行酒后，秦青向着薛谭打着节拍，唱起了送别的歌曲。秦青的歌声慷慨悲壮，在树林中萦绕，树木都仿佛被这抑扬动听、悲壮激昂的歌声震动了；那歌声优美动听、婉转悠扬，在天空回荡，连天上的云彩也仿佛阻滞不动了，好像伫立在天空静听着。

听到秦青为他饯行唱的歌一会儿慷慨悲壮、抑扬动听，一会儿优美清越、婉转悠扬，薛谭这才意识到自己还没有学完秦青老师的全部本领，自己唱歌远不及老师唱得好，感到非常惭愧。他忙向秦青道歉，请求在老师身边继续学习深造。从此以后，薛谭再也不敢轻易提起回家的事了。

——●【智慧解析】

　　本文讲述了薛谭拜秦青为师学习唱歌的故事，告诉我们做人应该脚踏实地，认真学习。

——●【精彩短评】

　　学习是没有终点的，不要以为自己掌握了一点儿知识就洋洋得意，认为已经学到家了。

　　真正的本领不是一朝一夕就能掌握的，不要沉醉在自己的世界中，认为自己比所有人都要聪明。再聪明的人也要努力学习，勤加练习。我们不能像坐井观天的青蛙，只看到自己的一小块天空，就满足于现状。我们不仅要了解自己，还要了解他人，从与他人的对比中找出自己的不足，然后加以改进。

郑人买履

故事

有一个郑国人，眼看着自己脚上的鞋子从鞋帮到鞋底都已破旧，于是准备到集市上去买一双新的。

这个人去集市之前，在家先用一根短绳量好了自己脚的尺寸，随手将小绳放在座位上，起身就出门了。

一路上，他紧走慢走，走了一二十里地才来到集市。集市上热闹极了，人群熙熙攘攘，各种各样的商品摆满了柜台。这个郑国人径直走到鞋铺前去挑选鞋子。郑国人让掌柜的拿了几双鞋，他左挑右选，最后选中了一双自己觉得满意的鞋子。他正准备掏出小绳，用事先量好的尺码来比一比新鞋的大小，忽然想起小绳被搁在家里了。于是，他放下鞋子急忙赶回家去。他急急忙忙地返回家中，拿了小绳又急急忙忙赶往集市。尽管他紧跑慢跑，还是花了差不多两个时辰。等他到了集市，太阳快下山了。集市上的小贩都收了摊，大多数店铺已经关了门。他来到鞋铺，鞋铺也打烊了。鞋没买成，他低头瞧瞧自己脚上的鞋子，只见原先那个窟窿更大了。

他垂头丧气地打算往回走，有几个人围了过来，知道情况后问他："你买鞋时为什么不用你的脚去穿一下，试试鞋的大小呢？"他回答说：

"那可不成，量的尺码才可靠，我的脚是不可靠的。我宁可相信尺码，也不相信自己的脚。"

人们都笑这个人是个死脑筋，不开窍，可那些不尊重客观实际的人，不也正像这个揣着鞋尺码去给自己买鞋的人一样愚蠢可笑吗？

─●【智慧解析】

郑人买鞋只以自己量的尺寸为依据，却不相信自己的脚，最终也没买到鞋。这则故事讽刺了不知灵活变通、墨守成规的人。

─●【精彩短评】

在生活中，我们要尊重客观事实，做事不能不知变通、顽固不化，要学会灵活运用，一味墨守成规的做法是不可取的。

东野稷驾车

故事

　　东野稷十分擅长驾车，他凭着自己一身驾车的本领去求见鲁庄公。鲁庄公接见了他，并叫他表演驾车。

　　只见东野稷驾着马车，前后左右行使，进退自如，十分熟练。他驾车时，无论是进还是退，车轮的痕迹都像木匠画的墨线那样直；无论是向左还是向右旋转打圈，车辙都像木匠用圆规画的圈那么圆。东野稷的表演让鲁庄公大开眼界，他满意地称赞道："你驾车的技巧的确高超，看来没有谁能比得上你了。"说罢，鲁庄公兴致未了地叫东野稷兜一百个圈子再返回原地。

　　一个叫颜阖的人看到东野稷这样不顾一切地驾车用马，便对鲁庄公说："我看，东野稷的马车很快就会翻的。"

　　鲁庄公听了很不高兴，他没有理睬站在一旁的颜阖，心里想着东野稷会创造驾车兜圈的纪录。但没过一会儿，东野稷的马果然累垮了，它一失前蹄，弄了个人仰马翻，东野稷因此扫兴而归，见了庄公很是难堪。

　　鲁庄公不解地问颜阖说："你是怎么知道东野稷的马要累垮呢？"颜阖回答说："马再好，它的力气也总有个限度。我看给东野稷驾车的那匹马力气已经耗尽，可是他还要让马拼命地跑。像这样蛮干，马不累垮才怪呢。"听了颜阖的话，鲁庄公也无话可说。

——●【智慧解析】

东野稷驾马车的技术非常高超，但是最后也翻了车。这则故事告诉我们：世间万物，其能力总有一个限度。如果我们不认真把握这个限度，只是一味蛮干或瞎指挥，到时候只会弄巧成拙。

——●【精彩短评】

不管做什么事情，都应该适可而止，要把握好尺度，如果一味蛮干，就会适得其反。不仅是做事，做人也要把握一个度。在与人交往的过程中，不能认为与他人的关系亲密，就肆无忌惮地索取，或者做一些无礼的事情，这样就会让他人远离你。把握好度，才能在人际交往中游刃有余，得到大家的尊重。虽然把握度是一件非常困难的事情，但这是人生的智慧，需要我们在生活中多多磨炼和探索。

愚蠢的两弟子

故事

从前，在一个村子里有一个私塾。私塾里的老先生教了很多弟子，其中有两个比较愚顽蠢笨的弟子，老先生为了教导他们俩做事、读书要认真仔细，就规定由他们两个每天为他洗脚。一个弟子负责洗左脚，然后涂上油；另一个弟子负责洗右脚，也涂上油。

一天，洗右脚那个弟子因家中有事没能到私塾读书，老师便指派洗左脚那位弟子帮他洗右脚。负责洗左脚的这位弟子心中不满，反驳道："该他负责的事为什么要我代他做？我不管。"老师很生气，对他说："难道连我的话也不听了吗？"

无奈，洗左脚的弟子只好把老师的右脚也给洗了，但越想越觉得不平衡，于是手下一使劲儿，竟把老师的右脚筋骨扭断了。

老师疼得直叫，其他弟子听到叫声急忙赶来，看到这种情景，都很气愤，就把洗左脚的弟子捆起来，狠狠地教训了一通，直打得他皮开肉绽。

最后，老先生喝住了众弟子，大家方才罢手，负责洗左脚的弟子总算保住了一条命，回家养伤去了。

第二天，那位负责洗右脚的弟子回到私塾，得知老师的右脚被洗左脚的弟子弄断的事，火冒三丈，发誓要报复。他对所有的弟子说："你们等着瞧，我不会就这样善罢甘休的，我要让他知道我不是好惹的。"

又过了些日子，一切都很平静，大家渐渐淡忘了这件事。

一天，其他弟子都被老师指派到私塾后边的菜地里干活，私塾里只剩下老师和洗右脚的弟子。

洗右脚的弟子觉得这是个报复的好机会，于是，他打了盆洗脚水，给老师洗了右脚，又洗了左脚，然后都涂上油。趁老师没留神，一使劲儿把老师的左脚筋骨扭断了，并且大声道："他胆敢扭断我洗的右脚的筋骨，我就扭断他洗的左脚！"

老师疼得直冒冷汗，忍不住大喊大叫起来，屋后干活的弟子们赶来，把洗右脚的弟子打了个半死。

老先生不得不把这两位弟子赶出了私塾。

【智慧解析】

一位老先生收了两个愚顽蠢笨的弟子，他为了教导他们，就让他们给自己洗脚。可是，这两个弟子却将老师的两只脚的筋骨都扭断了，原因只是他们对彼此不满。这则寓言反映了他们的愚钝。

【精彩短评】

做事情一定要三思而后行，不能鲁莽行事，不然就像文中的弟子一样做出愚蠢而荒唐的事情。

蚂蚁的恐惧

故事

有一个人，漫不经心地将一盆水倒在了地上，水很快向四周漫溢开去。地上有一棵小草被水冲起，浮在水面上犹如一叶小舟。小草上面正好有一只小蚂蚁，它看到四面漫溢的水，不知道这水面到底有多宽，水底究竟有多深。蚂蚁伏在草叶上吓得惊慌失措："天呐，我该从哪里逃生，这大水哪里有岸呢？完了，这下我全完了。"蚂蚁非常绝望。

还没等蚂蚁想清楚这一切，水已流完了，草倒伏在地上，蚂蚁已看不到水了，只剩下一片还有些潮湿的地面。蚂蚁连忙牵动着它那细小如丝的腿，急速地爬出"小舟"。于是，它很快就见到了它的那一群同伴。一见到同伴们，这只蚂蚁忽然伤心起来，好像它经历了一场天大的劫难似的，它泪流满面地向朋友们哭诉了它的经历。它泣不成声地对朋友说："我的朋友们呀，你们差点儿就见不着我了。就在刚才那一瞬间，我差点儿被那险恶的大水淹死了啊！"

"是吗？太可怕了！"众蚂蚁惊恐万分，它们听完那只"幸运"地活着回来的蚂蚁的经历后，都难过万分，一个个擦着眼泪。

小小蚂蚁哪里知道世界之大。世界是广阔的，那些眼光短浅、少见多怪的人其实是愚昧可笑的。

─●【智慧解析】

小蚂蚁误以为发大水了，非常恐惧，并将自己的经历告诉了朋友们。它们跟它一样，也表现得惊恐万分。这个故事批判了那些见识浅薄的人。

─●【精彩短评】

蚂蚁太小了，所以一盆水对它来说就是一场灾难。我们人类也会遇到这样的困难。因而，我们应该让自己变得更加强大，这样当我们遇到困难的时候，就能淡定自若地应对。

杨布打狗

　　从前，在一个不太出名的小山村，住着一户姓杨的人家，靠在村旁的一片山地过日子。这户人家有两个儿子，大儿子叫杨朱，小儿子叫杨布。两兄弟一边在家帮父母耕地、担水，一边勤读诗书。这兄弟两人都写得一手好字，结交了一批诗文朋友。

　　有一天，弟弟杨布穿着一身干净的白色衣服兴致勃勃地出门访友。在快到朋友家的时候，不料突然下起雨来了。雨越下越大，杨布正走在前不着村、后不着店的山间小道上，只好硬着头皮顶着大雨，落汤鸡似的跑到了朋友家。他们是经常在一起讨论诗词、品评字画的好朋友。杨布在朋友家脱掉了被雨水淋湿了的白色外衣，穿上了朋友的一身黑色外衣。朋友招待杨布吃过饭，两人又谈论了一会儿诗词，品评了一会儿前人的字画。他们越谈越投机，越玩越开心，不觉天已经黑了下来，杨布把自己被雨水淋湿了的白色外衣晾在朋友家里，而自己就穿着朋友的一身黑色衣服回了家。

　　雨后的山间小道虽然是湿的，但由于路面上小石子铺得多，并没有淤积的烂泥。天色渐渐暗下来了，晚风轻轻吹着，从山间送来一阵阵新枝嫩叶的清香。要不是天色愈来愈黑，杨布还真有点儿雨后漫游山冈的雅兴哩！他走着走着，走到自家门口了，还沉浸在白天与朋友畅谈的兴致里。这时，杨布家的狗却不知道是自家主人回来了，从阴影里猛冲出来对着他汪汪直叫。片刻之后，那狗又突然后腿站起，前腿向上，似乎要朝杨布扑过来。杨布被自家的狗突如其来的狂吠声和扑咬的动作吓了一跳，十分恼火。他马上停住脚向旁边一闪，愤怒地向狗大声吼道："瞎了眼，连我都不认识了！"于是，他顺手从门边抄起一根木棒要打那条狗。这时，哥哥杨朱听到了声音，立即从屋里出来，一边阻止杨布用木棒打狗，一边唤住了正在狂吠的狗，并且说："你不要打它啊！想想看，你白天穿着一身白色衣服出去，这么晚了，又换了一身黑色衣服回家，狗一下子能辨得清吗？这能怪狗吗？"

杨布不说什么了，冷静地思考了一会儿，觉得哥哥杨朱的话也是有道理的。狗也不汪汪叫了，一家人重新恢复了原先的平静。

——●【智慧解析】

杨布一次外出访友衣服被雨水淋湿了，所以换上了朋友的黑色衣服，他回来后险些被自家的狗咬，这个故事告诫我们遇事要冷静思考，不要轻易下结论。

——●【精彩短评】

一旦遇到事情，要先看看自己有没有错误，不要轻易怪罪于人。

不知他的命是否能保住。

人们紧紧地围着他，跟着他，看到漂亮的女孩子，有人便喊："瞧，多美的女孩子，可真是倾国倾城啊！"

看到食品街上各种美味的食品，也有人喊道："多香甜的食物呀，看见了都会流口水。"

候选人对此完全视而不见，听而不闻，他心里只想着保住自己的命，盯着手里端着的油，丝毫不敢走神。

快到城南的时候，有人喊："着火了！快去救火呀！"

火烧了许多房屋和店铺，但候选人一点儿也没有受到干扰。

终于到达了城南的那个园子，候选人碗里的油一滴也没有洒出来。

国王听到了臣下的汇报，高兴极了，立即封候选人为辅政大臣。

【智慧解析】

国王选大臣，让候选人端着油从城北走到城南，且不能洒一滴油。那人一路上专心致志，不受干扰，最终成功完成任务。这个故事告诉我们做事情要专心致志，再困难的事情也有可能成功。

【精彩短评】

想要将一件事情做好，就需要我们一心一意地去实行，三心二意会让人转移注意力，影响本身在做的事情。

毛笔先生

故事

世上有了毛笔先生后，古今之事便都明记在案了。可见，毛笔先生的功绩非同一般。

这一天，毛笔先生来到了秦朝的国都，拜会了秦始皇。秦始皇是位胸怀大志、一统天下的君主，当然十分重视把自己的业绩都记录下来，以便功绩能千秋万代流传下去，所以非常赏识毛笔先生。

毛笔先生进宫后，便开始日夜忙碌，整理秦王朝的所有史实、秦始皇的政策法规及各种学说和论道。除此之外，还要逐一记录下朝廷每天的公事、国内外有价值的消息和传闻，以及起草朝廷下发的公文。总之，他一天到晚忙得不可开交。

秦始皇看到毛笔先生如此勤勉，且朝廷上上下下诸事都离不了他，便十分器重他。

毛笔先生不但在朝廷上受到重视，在民间也同样受到欢迎：做生意的请他记账，百姓们请他代写家书，几乎没有人没求过毛笔先生。

后来，秦始皇为了方便，干脆让毛笔先生住进宫里，每天伴他左右。这样，秦始皇在处理朝政时，毛笔先生守在旁边就可以随叫随到了。晚上，秦始皇有时还要批复大量奏章。这时候，周围是不允许有人打扰的，只有毛笔先生垂立案旁，随时听候吩咐。

如此繁重的事务，使毛笔先生感到十分疲劳。有时，他甚至连胳膊都抬不起来了，腿也沉甸甸的，但他为了尽心工作，从不吭声。

时间一天天、一年年地过去了，毛笔先生也越来越年老体衰了，但他仍不向秦始皇表露自己的身体状况，希望在有生之年能多为朝廷尽些力。

有一天，秦始皇在召见群臣时，突然想到要把即将公布的重要举措记录下来，于是让人去请毛笔先生。毛笔先生上朝后，脱帽致意，秦始皇发现毛笔先生已经衰老不堪：头发稀疏，牙齿松动，步履蹒跚。

秦始皇摇摇头，说："你看来是不中用了。"

毛笔先生连忙跪拜道："臣一生为朝廷尽职，无怨无悔，臣还要竭尽全力报效国家。"

秦始皇挥手让他下去，打发他回老家去了。毛笔先生不久死于乡下。

——●【智慧解析】

本文采用拟人的写作方法，记述了毛笔先生劳苦的一生，突出他的无私奉献的精神，也点出了其用完就被人抛弃的悲惨命运。

——●【精彩短评】

毛笔先生为了国家鞠躬尽瘁，辛苦了一辈子，却没能得到皇帝的尊重，这样的皇帝真是让人寒心。只有真诚对待帮助自己的人，才能得到更多人的帮助。

楚王葬马

故事

楚庄王爱马是出了名的，他爱马胜过一切。他的马不是养在马厩里，而是养在装饰豪华、十分舒适的殿堂里。他的马吃的不是草料，而是精美的佳肴。最不可思议的是，他的马还要披上锦缎做的袍子，晚上卧在柔软的床垫上。这样养马，当然不会养出驰骋疆场的骏马，养出的马不仅什么活儿都不能做，而且常常夭亡。

一次，楚庄王养的一匹爱马肥得有些走不动路，整天蔫头耷脑，没过多久就死了。

楚庄王难过极了，一定要厚葬这匹马。他先下令，让手下的人去安排最好的木匠为马做棺椁，然后又向文武百官下令，要求所有官员都要为马致哀吊唁。最让人难以接受的是，他要求安葬死马的仪式规格要和安葬大臣的一样。

命令刚一下达，众大臣在下边就纷纷议论开了。庄王见状，大怒，厉声称："我的主意已定，哪个敢出面劝说，杀无赦！"

众大臣面面相觑，谁也不敢出声，全都敛声低头悄悄离去。

此时，一个叫优孟的人却突然闯进宫中，见了庄王，一句话没说，先叩头，泣不成声。

庄王很奇怪，忙令他站起来说话。优孟起立，边擦眼泪，边对庄王说：

"大王，听说您最珍爱的一匹马死了，这太不幸了！这么重要的马死了，大王怎么可以只按大夫的规格安葬？这太不合适了。"

楚庄王问道："那么，你认为应该怎样安葬才合适呢？"

优孟说："大王这么珍爱的马，自然应该按君王的葬礼规格安葬，不仅文武百官要去致哀，全国的百姓也都应该为马致哀。送葬时，要用最好的军乐和仪仗队开路。同时，要齐国、赵国、韩国、魏国等国家的使节也参与送葬和守灵。如此，大王爱马重于爱人的行为便会传遍四方，普天下的人都将知道。"

庄王听出优孟话中的含义，半晌无语，最后抬起头问道："那么你认为如何处置为妥？"

"自然是把葬马的费用用来为将士们改善生活了。"

【智慧解析】

楚庄王爱马胜过一切，马死后他决定厚葬这匹马，遭到大臣们的反对，但在楚庄王的威势之下，他们不敢进言，只有优孟采用委婉的说法说服了楚王。这个故事告诫我们当权者要体恤下属，体恤人民；劝谏别人的时候要讲究策略。

【精彩短评】

想要说服别人时，一定要掌握方法。用巧妙的方法更容易让人听进去劝谏的话，一味地指责对方是不可行的。

刻舟求剑

有一个楚国人出门远行，他在乘船过江的时候，一不小心随身佩带的剑落到江中的急流里去了。船上的人都大叫："剑掉进水里了！"

这个楚国人马上用一把小刀在船舷上刻了个记号，然后回头对大家说："这是我的剑掉下去的地方。"

众人疑惑不解地望着那个刀刻的印记。有人催促他说："快下水去找剑呀！"

楚国人说："慌什么，我有记号呢。"

船继续前行，又有人催他说："再不下去找剑，这船越走越远，就找不回来了。"

楚国人依旧自信地说："不用急，不用急，记号刻在那儿呢。"

直至船行到岸边停下后，这个楚国人才顺着他刻有记号的地方下水去找剑。可是，他怎么能找得到呢？船上刻的那个记号是表示他的剑落水瞬间在江水中所处的位置，掉进江里的剑是不会随着船行走的，而船舷上的记号却随着船在不停地前进。等到船行至岸边，船舷上的记号与水中剑的位置早已相去甚远了。这个楚国人用做记号的办法去找他的剑，不是太糊涂了吗？

他在岸边船下的水中，费了好大一会儿工夫，结果毫无所获，还招来了众人的讥笑。

——●【智慧解析】

刻个记号以便于打捞宝剑，原本无错，可是把记号刻在了移动的船上，那岂不等于没有记号吗？这个故事对于那些思想僵化、墨守成规、看不到事物发展变化的人是一个绝妙的讽刺。故事告诉我们：办事不能只凭主观愿望，不能想当然，要根据客观情况的变化而灵活处理。

——●【精彩短评】

世界上的事物总是在不断地发展变化，人们想问题、办事情，都应当考虑到这种变化，适应这种变化。不能死守教条，拘泥成法，固执而不知变通。所以，在看待问题的时候，要从实际情况出发，要懂得变通，这样才能做出正确的判断。

不死的奥秘

故事

晋国公子子华专门喜欢结交和供养四方到此的游侠和门客。

子华虽然没有什么官位，但生性豪爽侠义，人们都很仰慕和敬重他，就连晋国的国君都非常喜欢和器重他。因为有这样的地位，他有时就很跋扈。对喜欢的人，他就厚待他们，并敬为上宾；对讨厌的人，他就歧视，毫不放在眼里。他以养士为荣，为乐，整天让他们斗智斗勇，却从来不把门客们的感受放在心上。

一次，子华的两个门客外出，途经一位名叫商丘开的人的家，在此借宿休息。两个门客在闲谈中流露出对子华威势的敬畏，说他可以决人生死，定人穷富。商丘开是位贫寒之人，无意中听到这样的议论，决心投奔子华。

商丘开年事已高，其貌不扬，且衣衫褴褛，子华虽收留了他，但并没十分看重他。子华的门客们更没把商丘开放在眼里，常常故意拿他取笑。商丘开却很有耐性，从不生气。

一次，子华的门客们来到一处高台，众人拿商丘开开玩笑，说假如他从高台上跳下去，可赏他黄金百两。商丘开没有迟疑，轻松地从高台上跳了下去，毫发无损。众人都以为此事是出于侥幸。

又有一次，在一处深水旁有人又开玩笑对商丘开说："这水里有一盒珠宝，你敢跳下去，珠宝就归你。"商丘开毫不犹豫地跳下了水，捞起了一盒珠宝。自此，大家开始对他刮目相看。

一天，子华家仓库失火，商丘开冲进火海，抢救出了所有绸缎，自己却安然无恙，众人以为他会法术，从此拿他当神人一般对待。

经历了这几件事后，众门客对商丘开倍加敬慕，并请教他是如何学到法术的，能否教授给他们。商丘开很诚恳地告诉众人："其实，我什么法术也不懂，我不过是听说子华先生能决人生死，所以自从投奔到他这里之后，便将生死置之度外了。每次做事，毫无杂念，反而从容无事；如果现在再做一次，恐怕就很难有此胆量了。"

众门客点头称是，再不轻易嘲弄轻视别人了。

—●【智慧解析】

商丘开投奔公子子华，却不被重视，但他依然很敬仰子华，每一次行动都将生死置之度外，因心无杂念而毫无损伤。这个故事揭示了一个道理：做事情时心无杂念，有利于克服很多不利因素。

—●【精彩短评】

将生死置之度外的人，更能坦然面对生死，也就能从容、冷静地应对各种危机。

张衡的天平

张衡到了地府，阎罗王知道他具有卓越的智慧，就告诉他，世界上有许多官员陆续来到地府，要调查他们为官清正还是贪鄙非常费事，问张衡有没有什么简便的方法对他们进行甄别。

张衡给他提供了一架特制的天平。阎罗王一看，那天平一头的盘子极其巨大，另一头却很小。

"这天平怎么用？"阎罗王问。

张衡对阎罗王说："凡有做官的来到地府，你只把他的乌纱帽作为权（相当于"砝码"）往小盘子上一放，他所管辖范围的老百姓就立即被摄入了另一头的大盘子里。如果放乌纱帽的一头比装百姓的那头重，那么这个官员一定是个坏官；反之，这个官员就比较好。"

随后，张衡叮嘱阎罗王："在有官员需要甄别之前，请您自己千万别去动它！"

天平在阎罗王那里放了一晚。

第二天，阎罗王告诉张衡："你的天平不怎么好，我已经下令拆掉了。"

"非常可惜！"张衡说，"我叫您不要去动它是有原因的。您认为它不好，肯定是您把自己的乌纱帽在上面试了一下。"

——•【智慧解析】

本文通过张衡和阎罗王的对话，表明了阎罗王其实也不是一个好官的事实。张衡让阎罗王不要使用那架天平，说明他早就认识到阎罗王的本性了。

——•【精彩短评】

阎罗王之所以将天平拆了，是因为这架天平能够衡量出阎罗王是否是一个好官。阎罗王做贼心虚，所以推说张衡的天平不好。而聪明的张衡一下子就知道阎罗王这样做是因为心虚。这也说明一个人想隐瞒自己的缺点或是不好的一面，总会留下痕迹的。只有内心坦荡的人，才不会畏首畏尾，担心自己的真正面目被揭穿。这个故事也讽刺了那些贪官污吏，希望立志为官的人能做一个清正廉明的好官，真真正正地为百姓做事。

西门豹罢官

西门豹刚刚管理邺地时，终日勤勉，为官清廉，疾恶如仇，刚正不阿，因而深得民心。不过，他对魏文侯的亲信从不巴结讨好，所以这伙人对他怀恨在心，便勾结起来，说了他许多坏话。年底，西门豹向魏文侯述职之后，政绩突出的他本应受到嘉奖，结果却被收去了官印，罢了官。

西门豹心里明白自己被罢官的原因，便向魏文侯请求说："过去的一年里，我缺乏做官的经验，现在我已经开窍了，请允许我再干一年，如治理不当，甘愿受死。"魏文侯答应了西门豹，又将官印给了他。

西门豹回到任所后，开始疏于实事，而去极力巴结魏文侯的左右。又一年过去了，他照例去述职，虽然政绩比上一年大为下降，可魏文侯却对他称赞有加，奖赏丰厚。这时，西门豹严肃地对魏文侯说："去年我为您和百姓为官颇有政绩，您却收缴了我的官印。如今我注重亲近您的左右，在政事上却无所作为，但您对我大加礼遇。这种赏罚不明的官我不想再做下去了。"说完，西门豹把官印交给魏文侯便走了。魏文侯醒悟过来了，连忙对西门豹表示歉意说："过去我对你不了解，有偏见。今天我对你加深了认识，希望你继续做官，为国效力。"

──●【智慧解析】

本文讲述魏文侯两次对西门豹政绩评赏的故事，突出当时的不良社会风气：巴结权贵的人会被重用，而一心做实事的人则遭受排挤。本文表现出了西门豹不畏权势、一心为民的为官思想。

──●【精彩短评】

清正廉明的西门豹因为魏文侯轻信谣言而被罢官，之后他除了讨好魏文侯的左右，什么都没有做，却给魏文侯留下了好印象。这说明：为官者，一定要善于用眼睛去看，要亲自去了解事情的真相，不能被小人蒙蔽双眼。

管庄子刺虎

故事

　　管庄子是远近闻名的猎手，他常常只身猎杀虎豹豺狼，无所畏惧。

　　一次，管庄子来到一座山前，见有两只老虎在那里争食人肉，正在拼命厮打着。它们时而抬起前腿猛扑，时而咬住对方脖颈不放，两虎的咆哮声震撼着山林。

　　管庄子举起锋利的猎叉，正要上前刺杀这两只老虎，与他同行的管与连忙拉住他，说："老兄且慢！"

　　管庄子说："还等什么？现在两只老虎正在厮打，我得趁它们不备刺杀它们。不然的话，这两只老虎一会儿平静下来，重新和好，我还对付得了吗？"

　　管与说："最好的时机还没到。你想，老虎是凶猛的野兽，人肉是老虎最美的食物，它们为争夺这块食物正疯狂搏斗，不最后分一个高低，是不会罢休的。两虎真的动怒拼打，弱些的肯定会被咬死，而强些的那只虎也会被咬伤。等到它们死的死，伤的伤，你再行动，这样就会轻而易举地将受伤的老虎刺死，这两只老虎就都属于你了。"

　　管庄子恍然大悟。原来管与给管庄子出的是一个只需付出刺杀一只伤残老虎的代价，却能收到两只老虎的主意。这真是一个好主意！

──●【智慧解析】

这个故事告诉我们，要取得成功，不能光凭勇气，还要运用智慧。善于运用智慧的人，可以用很小的代价取得很大的收获。这样不是事半功倍，一举两得吗？

──●【精彩短评】

做事情要善于分析，不要冲动、莽撞地做决定，一定要先保持冷静；不能只顾眼前利益，一定要从长远的角度来思考问题。想要取得成功，光凭勇气是远远不够的，我们还要善于运用智慧。

老汉粘蝉

故事

　　孔子前往楚国，路过一片树林，看到一个驼背的老人拿着一根长长的竹竿正在粘知了（蝉）。老人的技术非常娴熟，只要是他想粘的知了，没有一个能逃脱的，简直是信手拈来。

　　孔子惊奇地问道："您的技术这么高超，是有什么方法吧？"

　　驼背老人说："我的确是有方法的。夏季五六月粘知了的时候，如果能够在竹竿的顶上放两颗球而不让球掉下来，粘的时候知了就很少能够逃脱；如果放三颗不掉下来，十只知了就只能逃脱一只；如果放五颗不掉下来，粘知了就像用手拾东西那么容易了。你看我站在这里，就如木桩一样稳稳当当；我举起手臂，就跟枯树枝一样纹丝不动。尽管身边天地广阔无边，世间万物五光十色，而我的眼睛里只有知了的翅膀。外界的一切都不能分散我的注意力，都影响不了我对知了翅膀的关注，这样怎么会粘不到知了呢？"

　　孔子听了，回头对弟子说："专心致志，本领就可以练到出神入化的地步。这就是驼背老人所说的道理啊！"

——●【智慧解析】

这则故事说明：做事需要专心致志，排除外界的一切干扰，集中精力，勤学苦练，并持之以恒，这样才可能有所成就，也会弥补先天条件的不足。

——●【精彩短评】

不管做什么事情，都要练好基本功。没有什么事情能够一蹴而就。无论学习什么，都是一个循序渐进的过程，要一步步地学习。

在学习的过程中，我们要保持专心致志，不能三心二意。即使先天条件不如他人，但只要我们肯努力地学，也能获得成功。但是，如果我们的精力不集中，容易受到外界的影响，学习的效果就会差上许多。

虎与刺猬

从前，有一只老虎，又笨又懒。有一天，它肚子饿了，想到野外找点儿东西吃。找着，找着，它看到前面草地上有一块圆乎乎，还带点儿粉红的东西，以为是块肉，便急急忙忙地走去，张口咬住。可是，冷不防被那东西卷住了鼻子。原来这是一只肚皮朝天、躺着睡大觉的刺猬。老虎被这突如其来的袭击吓得不轻，鼻子上的刺猬越卷越紧，怎么扔也扔不掉。它又疼痛又害怕，吓得赶快跑了。

老虎跑着，跑着，一直跑到大山中。他又困又乏，实在是不能动弹了，便无可奈何地躺在地上，最后昏昏沉沉地睡着了。受惊的刺猬见老虎不动了，对自己没有什么威胁了，这才放开老虎的鼻子，迫不及待地逃走了。

老虎一觉醒来，忽然发现鼻子上的刺猬走开了，也不再害怕了，用舌头舔了几下，觉得鼻子还在，很高兴，连肚子饿也忘记了，便到半山腰的橡树下面去玩。老虎低头走着，玩着，忽然看见地上躺着一枚橡子壳，圆溜溜的，以为这又是只小刺猬。它心头一惊，又害怕起来，害怕自己的鼻子又要被这只"小刺猬"卷着了。于是，它赶快侧着身子，提心吊胆，但又不得不很客气地对橡子壳说："我刚才遇上了您的父亲，您父亲真厉害呀！它的本领我已经领教过了。现在，我不和小兄弟您计较了，还是希望您小兄弟让让路，放我走吧！"

──•【智慧解析】

这个故事告诉我们，遇事应该冷静应对，要对事物进行准确的分析，不要被表象蒙蔽。更不能一朝被蛇咬，十年怕井绳。

──•【精彩短评】

一只老虎被一个橡子壳吓到的故事告诉我们：应该沉着冷静地面对自己的敌人，正确估量对方的实力，以免闹出大笑话。

宣王之弓

齐宣王有个特点，喜欢听别人对他说恭维话。齐宣王爱好射箭，他喜欢听别人说他不论多强硬的弓都能够拉开。其实，齐宣王自己用的弓，拉开时所用的力气还不到成年人的一半。

齐宣王射箭时，常常向身边的大臣们表演拉弓。他身边的近臣们为了奉承自己的国君，一个个都是先拿起宣王的弓，站好姿势，故意拉起来试试。这些近臣在试弓时有意地做出很努力的神情，装出拼命地使出全身之力的样子：闭住嘴，鼓满两腮，将眼睛瞪得大大的，眨也不眨地站在那里，再慢慢地将弓拉到半满时故意停一下才松开手。他们都说一个调子的话："这张弓好厉害！真是强劲极了！如果没有很大的力气是别想将它拉开的。""那还用说，这么强的弓，除了大王您以外，是没有人能够拉开的。""世上像大王这样能拉这么强硬的弓的人是很少有的。"……听了这些特别顺耳的话后，齐宣王感到特别舒服，心里美滋滋的，比吃了蜜还要甜。

这样，齐宣王所拉的弓虽然只需用不超过成年人一半的力，但是他一辈子都认为他拉的弓没有很大的力是拉不开的。

拉开这张弓只用成年人二分之一的力就可以了，这是实情。而具有很大的力才能拉开，则是徒有虚名啊！齐宣王只喜欢虚名，却不知道他的实际力量究竟有多大。

──●【智慧解析】

这篇寓言故事告诉人们：缺乏自知之明的人喜欢听奉承话，听到奉承话就沾沾自喜的人必被人耻笑。

──●【精彩短评】

缺乏自知之明的人喜欢听人奉承自己，他们无法准确认识到自己的实力，当听到有人夸奖自己时，就会沾沾自喜，沉醉其中，洋洋得意。我们千万不能做这种沽名钓誉、只图表面形式的人，只有踏踏实实做事的人才能够得到人们的真心夸奖。

南辕北辙

故事

　　从前有一个人，要从魏国到楚国去。他带了很多盘缠，雇了上好的车辆，驾上骏马，请了驾车技术精湛的车夫，就上路了。楚国在魏国的南面，可这个人却不管三七二十一地让车夫赶着马车一直向北走去。

　　路上有人问他是要往哪儿去，他大声回答说："去楚国！"路人告诉他说："到楚国去应往南方走，你这是在往北走，方向不对。"他满不在乎地说："没关系，我的马快着呢！"路人替他着急，拉住他的马，阻止他说："方向错了，你的马再快，也到不了楚国呀！"他依然毫不醒悟地说："不打紧，我带的路费多着呢！"路人极力劝阻他说："虽说路费多，可是你走的方向不正确，路费再多也只能白花呀！"那个一心只想着要到楚国去的人有些不耐烦地说："这有什么难的，我的车夫赶车的本领高着呢！"路人无奈，只好松开了拉住马的手，眼睁睁看着那个盲目上路的魏人走了。

　　那个魏国人，不听别人的指点劝告，仗着自己的马快、钱多、车夫技术好等优越条件，朝着相反方向一意孤行。那么，他条件越好，他就只会离要去的地方越远，因为他的大方向错了。

──●【智慧解析】

　　这个故事告诉我们，做事首先要找准大方向，才能充分利用自己的有利条件；如果方向错了，那么有利条件只会起到相反的作用。

──●【精彩短评】

　　无论做什么事情，我们一定要看清楚自己设定的目标的方向。不要在还没有弄清楚方向的时候就急着出发。认清楚自己努力的方向之后再行动，这样才能充分地发挥自己的长处。如果只是依靠自己的长处，而不顾努力的方向是否正确，那么不管做多少努力都是白费力气。努力方向错了，甚至会起到相反的作用。

　　另外，我们不要认为自己在某些方面强于他人就洋洋得意，丝毫听不进他人的劝告。能够理性地听取他人意见的人往往更容易取得成功。

澄子夺黑衣

故事

　　宋国人澄子不知在什么地方丢失了一件黑布做的上衣。他跑上大路沿途寻找，到处都找不着那件黑衣。

　　失财的痛惜化为一股气恼。他一边走，一边琢磨着要想出一个办法来弥补丢失一件上衣的损失。这时，迎面走来一位身穿黑色上衣的妇人。澄子不由分说地一把将她抓住。他一面拉扯那妇人，欲把她的衣裳拽下来，一面狠狠地说道："刚才我丢失的黑衣，原来在你这里！"那妇人被这光天化日之下突如其来的抢劫吓蒙了。她急忙对澄子解释道："这件衣裳是我亲手纺的线、织的布，亲手剪裁、缝制而成的。它的长短、大小正合我身。虽然您丢的也是一件黑衣，但并不是这一件呀！"那妇人的声音听起来显得有一些柔弱、哀怜，但是她如泣如诉吐出的每一字、每一句，使澄子心里怔了一下。如果把一个妇人的衣裳说成是自己的，扒下来后，自己却穿不上岂不荒唐？于是，他立刻转了一个话题，但是仍然气势汹汹地说："我丢失的是一件夹衣，而你身上穿的这件是单衣。你用一件单衣抵我一件夹衣，难道不是占了便宜了吗？

──●【智慧解析】

　　这则寓言告诉我们，任何时候都要尊重事实。不论如何狡诈诡辩，事实总是不能歪曲的。

──●【精彩短评】

　　无论怎样的花言巧语，都无法改变客观事实。故事中，澄子的行为是错的，他也意识到了，但是他没有勇气承认自己的错误，反而一错再错，说出更为荒唐的话。在生活中，我们一定要尊重客观事实。当我们犯错时，一定要有勇气承认自己的错误，并积极加以改正。

　　知错就改，也是一件需要勇气的事情，能够直面自己错误的人，是真正勇敢的人。

狂　泉

故事

　　从前有一个国家，一国的人都得了癫狂病，他们整天闹呀，叫呀，干一些荒唐至极的事。这是为什么呢？

　　原来，这个国家有一眼叫作"狂泉"的井，谁要是喝了那里的水，立刻就会变得癫狂起来。而这一国的人除了国君，全都喝了"狂泉"的水，所以一个个都疯疯癫癫的。

　　国君之所以没有得癫狂病，是因为另有一口专供他一个人饮用的水井。然而，全国的人都得了癫狂病，在他们眼里，无病的国君与众不同的样子倒成了一种病态。因此，他们商量好，大家一起动手给国君治"病"。这些人轮番给国君治病，能用的办法全用上了。国君实在不堪忍受这种折磨，只好去饮"狂泉"水了。

　　国君喝了"狂泉"的水以后，马上就得了癫狂病，也变成了疯子。于是，全国上下，无论国君还是臣民，都一样癫狂；无论大人还是小孩，都一样荒谬。所有人都一样地疯疯癫癫，这样，大家反而都高高兴兴，心安理得了。

──●【智慧解析】

　　多数人的荒谬有时竟会成为"真理"，但它的本质依旧是荒谬。在举国上下只流行一种荒诞的意识，只贯彻一种虚伪的做法的情况下，一个有健康头脑和正常行为的人，要想在众人颠倒黑白的环境里坚持公正的原则，的确是极其困难的。

──●【精彩短评】

　　如果在黑白颠倒的世界里，除你外所有人都说白纸是黑的，你能勇敢地站出来说那是白的吗？你是否会狐疑地询问自己：是否是我看错了？或是其实我从一开始就是错误的？

　　不管发生了什么事，我们都要勇于坚持真理。

南橘北枳

故事

晏子将要出使楚国。楚王得知这个消息后，对左右的大臣说："晏婴是齐国能言善辩的人，如今来到我国，我想羞辱他一番，大家看用什么办法好？"

有个大臣献计说："他来了以后，请绑一个人从大王面前走过。大王问：'他是哪里人？'我们回答说：'是齐国人。'大王再问：'他犯了什么罪？'我们再回答说：'他犯了盗窃的罪。'"

楚王觉得这个主意不错。

晏婴来到楚国，楚王设酒宴招待他。宾主正喝到兴头上，两名小吏捆着一个人来到楚王面前。

楚王故意问："这捆着的是个什么人？"

小吏回答："是个齐国人。因为盗窃犯了罪。"

楚王转过头来望着晏婴说："齐国人生来就喜欢偷盗吗？"

晏子离开座位，走到楚王面前，回答说："我听说，橘树生长在淮河以南就结橘子，如果生长在淮河以北，就会结出枳子。橘子和枳子，叶子差不多，但果实的味道却不一样。这是为什么呢？因为水土不同。现在捉到的这个人，生活在齐国的时候，并没有盗窃的行为，来到楚国以后却当盗贼，难道是因为楚国的水土容易使好人变成小偷吗？"

楚王听了，尴尬地笑着说："圣贤的人是不可戏弄的呀！我本想戏弄你，现在反而是自讨没趣了。"

—●【智慧解析】

南橘北枳的故事是说：环境变了，导致事物的性质也变了。这说明不同的环境对一个事物的发展起着一定的作用。

—●【精彩短评】

环境对植物的生长有很大影响。同样，环境对人的影响也非常大。和优秀的人在一起，可以从他们的身上学到好的品质，可能使自己也成为一个优秀的人。但是，和卑劣的人在一起，就可能从他们的身上学一些坏的品质，也可能在不知不觉中变成一个卑劣的人。所以，我们要主动接近那些有着优秀品质的人，远离那些品质卑劣的人。

望梅止渴

故事

　　有一年夏天，曹操率领部队去讨伐张绣。骄阳似火，天热得出奇，军队在弯弯曲曲的山道上行进，两边密密的树木和被阳光晒得滚烫的山石烘得人透不过气来。到了中午时分，士兵的衣服被汗水湿透了，行军的速度也慢了下来，一些体弱的士兵竟晕倒在路边。

　　曹操看行军的速度越来越慢，担心贻误战机，心里很是着急。可是，眼下几万人马连水都喝不上，又怎么能加快速度呢？他立刻叫来向导，悄悄问他："这附近可有水源？"向导摇摇头说："泉水在山谷的那一边，要绕道过去，还有很远的路程。"曹操想了一下，说："不行，时间来不及了。"他看了看前边的树林，沉思了一会儿，对向导说："你什么也别说，我来想办法。"他知道此刻即使下命令要求部队加快速度也无济于事，于是开始冥思苦想，忽然他眼前一亮，办法来了。只见他一夹马肚子，快速赶到队伍前面，用马鞭指着前方说："将士们，我知道前面有一大片梅林，那里的梅子又大又好吃，我们快点儿赶路，绕过这个山丘就能到达梅林了！"士兵们一听，想象着梅子酸中带甜的味道，口里一下子流出了许多津液，马上就不那么干渴了。整个队伍都精神大振，步伐不由加快了许多。

──●【智慧解析】

曹操利用人们对梅子酸味的条件反射，成功地让将士们克服了干渴的困扰。这说明：人们在遇到困难时，不要一味畏惧不前，可以用对成功的渴望来激励自己，也许这样，就会有足够的勇气去战胜困难，到达成功的彼岸。

──●【精彩短评】

无论前途有多么渺茫，无论感觉有多么沮丧，我们都不能丧失对未来的希望。我们应该告诉自己，梦想就在不远的地方，只要坚持下去，就能够成功。

不识趣的猎狗

故事

　　艾子喜好打猎，特别喜欢骑在马上追逐鸟兽的感觉。为了打猎，艾子养了一条非常善于抓兔子的猎狗和一只机警敏捷的猎鹰。每次外出打猎，艾子都带上他的猎狗和猎鹰。凡是捕到兔子，艾子就必定掏出兔子的心肝给猎狗吃。因而，每次一捉到兔子，猎狗就总是摇着尾巴，竖起两条前腿，不停地上下跳跃，等着艾子喂它兔子的心肝吃。

　　一天，艾子又出外打猎，山上兔子很少，转悠了大半天也没有发现一只兔子，猎狗的肚子已饿得咕咕叫了。正在这时，艾子忽然看见有两只兔子从草丛中跳跃而出，向林中的一片灌木丛跑去，艾子忙放出猎鹰去追捕兔子。两只兔子在灌木丛中乱跳乱窜，猎鹰上下飞腾着去追捕它们。这时，猎狗也飞跑过来，对准兔子一头猛扑过去，不料，正好误咬住了猎鹰。结果，猎鹰被咬死了，那两只兔子却乘机逃走了。

　　等到艾子跑上前来，见此情景，十分伤心。他把死鹰拿在手里，又是懊悔，又是气愤，不觉掉下泪来。正在这时，猎狗又像从前那样，竖起两条双腿，摇着尾巴，在艾子面前腾上落下，摇头摆尾，像立了大功似的看着艾子，等待艾子喂它吃心肝。

　　艾子瞪着猎狗，气不打一处来，他大声斥骂道："你这不识趣的狗，干了坏事，还好意思来邀功领赏哩！"

─●【智慧解析】

　　生活中有些人与这条猎狗颇为相似，自己明明做了错事，不但缺乏自知之明，反而还自以为是地希望得到优厚的报酬，真是厚颜无耻。

─●【精彩短评】

　　如果遇到做了坏事反要报酬的人，我们应该主动远离他，因为即使他给你造成了损失，他也会觉得自己没有错，反而是你不知好歹。这种人是非常可怕的。

囫囵吞枣

故事

　　有几个人闲来无事，在一起聊天。一个年纪大的人对周围几个人说："吃梨对人的牙齿有好处，不过，吃多了的话会伤脾；吃枣呢，正好与吃梨相反，吃枣可以健脾，但吃多了却对牙齿有害。"人群中一个呆头呆脑的青年觉得有些疑惑不解，他想了想说："我有一个好主意，可以吃梨有利牙齿又不伤脾，吃枣健脾又不至于伤牙齿。"

　　那位年纪大的人连忙问他说："你有什么好主意，说给我们大家听听！"

　　那青年说："吃梨的时候，我只是用牙去嚼，却不咽下去，它就伤不着脾了；吃枣的时候，我就不嚼，一口吞下去，这样不就不会伤着牙齿了吗？"

　　一个人听了青年说的话，跟他开玩笑说："你这不是将枣囫囵着吞下去了吗？"

　　在场的人都哈哈大笑起来，笑得那个青年抓耳挠腮，显得更加傻乎乎的了。

　　这个青年自作聪明，如果按他说的办法囫囵吞枣的话，把枣子整个连核也吞下去了，则很难消化，哪还谈得上什么健脾呢？

——•【智慧解析】

这个故事告诉我们，做事要按事物的一般规律正确处理。对事物的认识要全面，不能含含糊糊的。

——•【精彩短评】

有些人总是以为自己比别人聪明，结果总会冒出一些非常愚蠢的想法，说一些愚蠢的话。所以，在做事和说话之前，我们一定要仔细想清楚，以免闹出大笑话。

在学习的过程中，我们先要将所学的知识理解清楚，然后再认真地去运用它。不能含混地对待学习。

书生丢官

故事

　　有个南昌人，住在京城里，做着国子监的助教。一天，他偶然路过延寿街的一家书铺，看见一个年轻人正在点钱买《吕氏春秋》。刚好有一枚钱币掉在地上，这个人就走过去踩住了钱。等年轻人走后，他弯下腰把钱捡了起来。旁边坐着个老头子，看了半天，忽然站起来，问清楚这人的名字，然后冷笑两声就走了。

　　后来，这个人以上舍生的名义进了誊录馆，求见选官，得到了江苏常熟县尉的职位。他打点好行装，正准备上任，递了一张名片给上司。当时，汤潜庵正担任江苏巡抚，这人求见了十多次，都没有被汤巡抚接见。官府里的差役传下汤潜庵的话来，叫这人不必去赴任了，原因是他的名字已经进了被检举弹劾的公文里了。这人大惑不解，便问是因为什么事情而被弹劾的。人家回答说："是因贪污。"这人想，自己还没到任，哪里会贪污呢？肯定是搞错了，就想进去当面解释一下。差役将此事禀报了汤潜庵后，再次出来传话道："你难道不记得当年在书铺里的事了吗？你是秀才的时候，尚且爱那一文钱。现在你运气好，当上了地方官，那你还不把手伸进人家的口袋里去偷，成为戴着乌纱的小偷？请你马上解下官印走吧。"这人这才知道，当年问他姓名的老头竟是这位汤老爷。于是，他惭愧地辞官离去。

─●【智慧解析】

做官还没上任就被弹劾，也算是一件出人意料的事。这个故事可以给那些贪图小利、行为不检的人做个劝诫。

─●【精彩短评】

书生曾经将别人不小心掉在地上的一枚钱币据为己有，后来导致他刚刚做官，还没上任就被人弹劾了。这则故事说明：一件小事可以折射出一个人的人品，大家永远都不要忽略小事。不图小利是一种非常宝贵的品质。一个人若是连一点儿小钱都贪，那么在面对金钱诱惑的时候，肯定会让贪念控制自己，贪取更多的钱财。君子爱财，取之有道。不属于自己的钱，就不能取。如果让贪念左右了自己，最终会落得一个可悲的下场。

雄鸡与鸿雁

　　有个叫田饶的人，在鲁哀公身边做事已经好几年了，可是鲁哀公并不了解他的远大志向，待他很是平常。田饶的才智得不到施展，决意离开鲁哀公到其他国家去。

　　田饶对鲁哀公说："我打算离开您，像鸿雁那样远走高飞。"

　　鲁哀公不明白田饶的意思，问道："你在这里不是很好吗？为什么要离开呢？"

　　田饶说："大王您经常见到雄鸡吧！你看它头上戴着大红的鸡冠，非常文雅；它双脚长有锋利的爪子，十分英武；它面对敌人时毫不畏惧，格外勇敢；它看见食物时总是'咯咯'地叫着，招呼同伴们一起来享用，特别仁义；它还忠于职守，早起报时从不耽搁，极其守信。尽管雄鸡有着这么多长处，可是大王还是漫不经心地吩咐把它煮了吃掉。这是什么原因呢？因为雄鸡经常在您身边，您每天见惯了它，对它已经习以为常了，它的光彩在大王眼里是暗淡无光的，大王感觉不到它那些杰出的优点与才能。而那鸿雁，从千里之外飞来，落在大王的水池边，它啄食大王池中的鱼鳖；落在大王的田园里，毁坏大王的庄稼。鸿雁尽管没有雄鸡的那些长处，可是大王依然很器重它。这又是为什么呢？因为鸿雁是从遥远的地方来的，它的身上有一种神秘感，它的一切作为，大王都认为是与众不同，非常伟大的。所以，请大王让我也像鸿雁一样远走高飞吧！"

鲁哀公说："请你别走，我愿意把你说的这些话都记下来。"

田饶说："您认为我平淡无奇，并不觉得留下我有什么大用，即使记下我的话，也不起什么作用。"于是，田饶就离开鲁国前往燕国了。

燕王让田饶做了相国，使他从此有机会施展自己治国安邦的本领。三年以后，田饶把燕国治理得井井有条，国内富足安定，边境平安。田饶名声大震，燕王也十分得意。

鲁哀公知道这些情况后，万分感叹，对当年没能留下田饶而追悔莫及。为此，他一个人独居三个月，深刻反省，又降低自己的衣食标准，以示自责。鲁哀公发自内心地慨叹道："以前由于不能知人善任，才使得田饶离我而去，以致造成了今天的悔恨。真希望田饶能再回到我身边，可是，我知道这已经不可能了。"

──●【智慧解析】

田饶以雄鸡和鸿雁做比喻告诉鲁哀公自己怀才不遇的感受。这个故事告诫人们要珍惜人才。

──●【精彩短评】

领导者在用人的时候，不能抱有"远来的和尚会念经"的想法，总是将目光放在那些得不到的人的身上，觉得他们比较优秀，而忽略了身边那些尽忠职守、任劳任怨的下属。正确的做法是：善于发现身边的人才，知人善任，给下属提供施展才能的机会，以便留住更多人才。一个有慧眼能识人才的领导者，必然会吸引更多有能力的人前来投奔。

顽固的蹶叔

故事

传说从前有一个叫蹶叔的人，性格很倔强，又常常自以为是，总爱跟别人唱反调。

蹶叔在龟山的北面种粮食，总想与人家反着来。他在高而平的地方种水稻，却在又低又潮湿的地方种高粱。他有个很忠实的朋友，见他这样做，就好言劝说道："高粱适合种在较为干燥的地方，水稻宜于种在低湿的地方，可是你现在正好相反，违反了水稻和高粱的生长习性，那怎么能获得丰收呢？"蹶叔听了朋友的话，一点儿都没放在心上，还是我行我素。结果他辛辛苦苦地种了十年地，每年都歉收，粮仓里一点儿储备也没有。眼看就快没饭吃了，他才去看朋友的地，发现朋友正像他劝说自己的那样种地，因而获得了丰收，不由得懊悔万分，就向朋友道歉说："您说得对啊，我知道悔改了，不再不听劝告了。"

后来，蹶叔到汶上去做买卖。他做生意完全不加考虑，看到别人进的什么货物好卖，他也一定进什么货，处处都硬要和人家竞争。这样一来，他的货一到手，就积压得厉害，因而总是卖不出去，价钱被压得极低。蹶叔的朋友担心他吃亏，就又教他说："善于做买卖的人要进别人暂时不好卖的货物，这样，一旦等到机会来了，就可以获得好几倍的利润。这正是古代大商人白圭致富的原因啊！"蹶叔又不听。又过了十年，蹶叔长年亏本，终于入不敷出，到了非常困窘的境地。这时，蹶叔才回想起了朋友的话，意识到朋友是正确的，又去找到他的朋友道歉："我现在知道自己错了，从今以后，我再也不敢不悔改。"

有一天，蹶叔要驾船出海，邀请了他的朋友一起去海边。他的朋友将他送上船，告诫他说："等你到了海水归聚之处，一定要返航，不然船一进去就再也出不来了。"蹶叔表示自己记住了，会听朋友的话。蹶叔驾着船随着波浪向东驶去，航行了些日子，来到了海水归聚的深渊边上。这时候，他又犯了那顽固的老毛病，坚持己见继续前进，结果船被卷入深深的大壑中。蹶叔就在这黑暗的地方，忍受着颠簸和孤独，非常艰难地过了九年。直到一次赶上大鲲化为大鹏时激起了巨浪，才总算被冲出了大壑，回到了家里。

蹶叔回到家时，头发全白了，形体枯瘦得像根蜡烛，亲朋好友没有一个人能认得出他来。蹶叔再次找到他的朋友，深深地拜了两拜，还对天发誓说："我如再不悔改，请太阳作证惩罚我。"他的朋友笑着说："悔改是悔改了，但还有什么用呢？"

——●【智慧解析】

蹶叔为人固执己见，不听朋友的劝告，所以他一生悲惨，虽然到老了才真正知道悔改，但是为时已晚。这个故事告诫我们要善于听取他人的意见，做错了事要诚心悔改。

——●【精彩短评】

做人不能像蹶叔一样固执己见和自以为是，当别人好心向我们提出意见时，我们应该虚心去听。如果别人说得有道理，我们就诚心接受。如果别人说得不对，我们可以一笑而过，没有必要像蹶叔一样一定要反其道而行之。

意识到自己犯了错误，应该及时吸取教训，而不是一错再错，因为有些错误需要付出的代价是无法估量的。等到了改正也没有什么意义的地步，悔过也没有什么用了。

拔苗助长

故事

　　有一个宋国人靠种庄稼为生，每天都必须到地里去劳动。烈阳当空，没遮没拦，宋国人头上豆大的汗珠直往下掉，浑身的衣衫都被汗水湿透，但他依旧顶着烈日、弓着身子插秧。下大雨的时候，也没有地方可躲避，宋国人只好冒着雨犁地，雨打得他抬不起头来，雨水和着汗水一起往下淌。

　　劳动了一天，宋国人回到家以后，便累得一动也不想动，连话也懒得说一句。宋国人觉得这样真是太辛苦了。更令他心烦的是，他天天扛着锄头去田里累死累活，但是不解人意的庄稼，似乎一点儿也没有长高，真让人着急。

　　这一天，宋国人耕了很久的地，坐在田埂上休息。他望着宽阔得好像没有边的庄稼地，不禁一阵焦急又涌上心头。他自言自语地说："庄稼呀，你们知道我每天种地有多辛苦吗？为什么你们一点儿都不体谅我，不快快长高呢？快长高，快长高……"他一边念叨，一边去揪衣服的一根线头，线头没揪断，却扯出来了一大截。宋国人望着线头出神，突然他的脑子里蹦出一个主意："对呀，我原来怎么没想到，就这么办！"宋国人顿时来劲儿了，一跃而起，开始忙碌……

太阳落山了，宋国人的妻子早已做好了饭菜，坐在桌边等他回来。"以往这时候早该回来了，会不会出了什么事？"她担心地想。忽然门"吱呀"一声开了，宋国人满头大汗地回来了。他一进门就兴奋地说："今天可把我累坏了！我把每一根禾苗都拔出来一些，它们一下子就长高了这么多……"他边说边比画着。"什么？你……"宋国人的妻子大吃一惊，她连话也顾不上说完，就赶紧提了盏灯笼深一脚浅一脚地跑到田里去。可是已经晚了，禾苗已经全都枯死了。

【智慧解析】

这个宋国人做事急功近利，急于求成，一心只想让禾苗按自己的意愿快速长高，而不遵循事物发展的客观规律，结果事与愿违。所以，要做好一件事，不仅需要耐心，需要热情，更要用科学的方法去做，要踏踏实实，不急不躁，不能投机取巧。

【精彩短评】

做事一定要有耐心，要合乎客观规律，不要想着投机取巧。

不同的"偷"之道

故事

　　从前有这样两户人家，一家是齐国人，姓国，十分富有；一家是宋国人，姓向，非常贫穷。姓向的人听说姓国的人很有钱，便专程从宋国跑到齐国，向姓国的人请教致富的方法。

　　姓国的人告诉他说："我之所以发家致富，是因为我很善于'偷'。我只用了一年的工夫就有了吃穿；两年下来就相当富足；三年过后，我的土地成片，粮食满仓，我成了方圆百里的大户。从那时起，我便向乡邻施舍财物，大家都得到了我的好处。"

　　姓向的人听了十分高兴。他以为姓国的人致富走的是偷盗这条路，就是到处翻越人家的院墙，凿开人家的房间，凡是眼睛所看到的、手能拿到的，都可以拿走归自己所有。于是，他回到家以后，就开始到处偷窃。没过多久，他被人抓住并被判了罪。姓向的人不但清退了全部赃物，而且被没收了以前积累的所有家产。

　　姓向的人把自己的失败归咎于受了姓国的人的欺骗，于是就到齐国去责备姓国的人："你骗我，同样是偷，为什么我偷就犯了法呢？"

　　姓国的人听了哈哈大笑，问道："你是怎么偷的呀？"

姓向的人把自己翻墙打洞偷盗别人财产的经过讲给姓国的人听了，姓国的人又好气又好笑地对他说："唉，你真是太糊涂了！你根本没弄懂我所说的'善于偷'是什么意思。现在我仔细告诉你吧。人都说天有四季变化，地有丰富的出产，我偷的就是这天时和地利呀。雨水雾露、山林特产可以使我的庄稼长得很好，房舍建得很美。我在陆地上能'偷'到飞禽走兽，在有水的地方能'偷'到鱼虾龟鳖。无论是庄稼、土木，还是禽兽和鱼虾龟鳖，这些东西都是大自然的产物，并不是我原本所有的。我依靠自己的辛勤劳动，向自然界索取财富，当然不会有罪过，也不会有灾祸。可是，那些金银宝石、珍珠宝贝、粮食布匹，却是别人积累起来的财富，你用不劳而获的手段去占有别人的劳动成果就是犯罪。你因偷盗罪而受到了处罚，那又能怪谁呢？

姓向的人听了这番话，惭愧得一句话也说不出来。

【智慧解析】●——

这个故事告诉我们：向人学习经验的时候一定要弄清楚对方所说的方法的本质，而不要只根据表面意思，不加思索就贸然行事。看来，明智的人懂得如何用辛勤劳动、用自己的双手去向大自然索取，创造财富；愚蠢的人才会想到用非法手段，走"捷径"去攫取别人的劳动成果使自己致富。这种人，到头来还是要栽跟头的。

【精彩短评】●——

在向他人请教的时候，一定要将别人的话完全弄清楚，不能一知半解，更不可自作聪明。聪明的人应该是善于学习的人，这样才能学习到他人身上的优点，让自己变得更加优秀。

夫妻打赌

古时候有一对夫妻，又懒又馋，而且都十分贪心，一点儿小利也会让他们互不相让，争吵不休。

这对夫妻都不愿意劳动，所以家里很穷。

有一次，家里只剩下一点点钱了，刚好可以买三张大饼。大饼一买回来，丈夫和妻子就赶紧一人抓了一张吃起来，生怕动作慢一点儿就被对方抢了去。很快，两个人就把各自手里的大饼吃完了。还剩下一张，不够两个人吃，他们又都不情愿把饼让给对方吃。两个人虎视眈眈地盯着饼，一言不发地对峙着，都想吃掉它，又对对方心存顾忌，不敢贸然动手去拿。

可这样耗下去也不是个办法啊。过了半晌，丈夫想出了一个主意："这样吧，我们来打个赌，谁先开口说话，谁就不能吃那张饼。"妻子回答道："赌就赌，我一定不会输给你的。"

于是，夫妻俩就这么呆呆地坐着，一言不发，连打个喷嚏都尽量小声，生怕是自己先开口说话而吃不成饼。

渐渐地，夜幕降临了，这对夫妻还没赌出一个结果来。有个小偷趁黑夜出来作案，听到这一家悄无声息，一点儿动静也没有，以为屋里没有人，就拨开门栓，溜了进来。

　　小偷蹑手蹑脚地走到堂屋里，一看桌旁竟然还端坐着两个大活人，吓了一大跳，暗叫"不好"，准备逃跑。可是，他发现这两个人都只盯着他看，脸上的表情有些惊恐，既不动，也不讲话。小偷心里好生奇怪，不过这会儿他也顾不上细想，大着胆子拿了几样东西，看两个人有什么反应。只见两个人都流露出可惜心疼的样子，但还是不动也不说话。

　　"这两个人莫非得了什么呆病吧？管他呢，先拿东西要紧。"小偷把这对夫妻家里值钱的东西全都放到一起，用一个大包袱捆成一堆，准备带走。夫妻俩眼睁睁地瞧着，心疼极了，但谁都不愿先开口说话。

　　小偷走的时候，又顺手摘下了那位妻子的耳环，丈夫仍然无动于衷，妻子再也忍不住了，跳起来大喊："来人哪，抓贼呀！"又冲丈夫骂道："你这个笨蛋，为了一张饼，连有贼都不喊一声，真是蠢到家了！"

　　丈夫见妻子终于开口说话了，高兴得一把抓过饼大笑道："哈哈，夫人，你终于认输了，我就知道我一定会赢到这张饼！"

【智慧解析】●──

　　这一对愚蠢的夫妻，只为了区区一张饼，见了小偷都不开口说话，眼睁睁地差点儿丢光了家里的财物，真是贪小便宜吃大亏。我们可不能学他们只为了眼前的小利而不顾全大局，否则，后果将是不堪设想的。

【精彩短评】●──

　　在生活中，我们不可因为一时赌气而做出愚蠢的行为。人有胜负心是好事，但是在有些事情上面，没有必要争一个输赢。那对愚蠢的夫妻就是为了争输赢，而让小偷偷走了家中的东西。他们想要得到的是一张饼，结果丢失了比饼更加重要的东西。

活到老学到老

  晋平公作为一位国君，政绩不凡，学问也不错。在七十岁的时候，他依然希望多读些书，多学些知识，总觉得自己掌握的知识实在是太有限了。可是七十岁的人再去学习，困难是很多的，晋平公对自己的想法总是不自信，于是他去询问他的那位贤明的臣子师旷。

  师旷是一位双目失明的老人，他博学多智，虽眼睛看不见了，但心里一直亮堂着。晋平公问师旷说："你看，我已经七十岁了，年纪的确老了，可是我还很想再读些书，长些学问，又总是没有信心，总觉得太晚了。"

  师旷回答说："您说太晚了，那为什么不把蜡烛点起来呢？"

  晋平公不明白师旷在说什么，便说："我在跟你说正经话，你跟我瞎扯什么？哪有做臣子的随便戏弄国君的？"

  师旷一听，乐了，连忙说："大王，您误会了，我这个双目失明的臣子，怎么敢随便戏弄大王呢？我也是在认真地跟您谈学习的事呢。"

  晋平公说："此话怎讲？"

  师旷回答说："我听说，人在少年时代好学，就如同获得了早晨温暖的阳光一样，那太阳越照越亮，时间也久长。人在壮年的时候好学，就好比获得了中午明亮的阳光一样，虽然中午的太阳行程已经走到一半了，可它的能量很强，时间也还有许多。人到老年的时候好学，虽然已届日暮，没有了阳光，可他还可以借助蜡烛啊！蜡烛的光亮虽然不怎么明亮，可是只要获得了这点儿烛光，尽管有限，也总比在黑暗中摸索要好多了吧！"

晋平公恍然大悟，高兴地说："你说得太好了，的确如此！我现在有信心了。"

【智慧解析】●—

这个故事告诉我们：活到老，学到老。在人生的各个阶段，人会有不同的表现，应该克服缺点，发扬优点。只要自信，年龄、身体状况等因素都不是学习的障碍。诚然，不爱学习，即使大白天睁着眼，也会是两眼一抹黑。只有经常学习，不论年少、年长，学问越多心里越亮堂，才不至于盲目处世，糊涂做人。

【精彩短评】●—

不管多大岁数，只要我们想要学习，都不算晚。一直犹豫，担心这个，担心那个，到最后可能什么都学不到。

惊弓之鸟

故事

更羸陪同魏王散步，看见远处有一只大雁飞来。他对魏王说："我不用箭，只要虚拉弓弦，就可以让那只飞雁跌落下来。"

魏王听了，耸肩一笑："你的射箭技术竟能高超到这等地步？虚拉弓弦就能让飞雁跌落下来？"

更羸自信地说："能。"

不一会儿，那只大雁飞到了头顶上空。只见更羸拉弓扣弦，随着嘣的一声弦响，只见大雁先是向上猛地一蹿，随后在空中无力地扑打几下，便一头栽落了下来。

魏王惊奇得半天合不拢嘴，拍掌大叫道："啊呀，箭术竟能高超到这等地步，真是意想不到！"

更羸说："不是我的箭术高超，而是因为这只大雁身有隐伤。"

魏王更奇怪了："大雁远在天空，你怎么会知道它有隐伤呢？"

更羸说："这只大雁飞得很慢，鸣声悲凉。根据我的经验，飞得慢，是因为它体内有伤；鸣声悲，是因为它长久失群。这只孤雁创伤未愈，惊悸不安，所以一听见尖利的弓弦响声便惊逃高飞。由于急拍双翅，用力过猛，引起旧伤迸裂，便会跌落下来。"

　　掌握一项过硬的技术是一种本领；善于观察事物，并能够掌握事物发展的规律，则是一种更大的本领。

　　从这个故事中我们可以发现，细致的观察、严密的分析、准确的判断是更赢虚拉弓弦就能射落大雁的原因。这种观察、分析、判断的能力，只有通过长期刻苦的学习和实践才能培养出来。

　　现在常用"惊弓之鸟"这一成语来形容受过惊吓，遇到类似情况就惶恐不安的人。

　　我们要做一个善于观察、善于分析的人，生活中有许多事情，只看表面，是看不出所以然的，但是如果从细节入手，经过缜密的分析，便能够从中看到更多的东西。做一个善于留心生活的人，能够让你懂得更多东西。

　　心虚的人如果受到惊吓就会非常害怕，这也说明内心不磊落的人过得比较辛苦，总是担惊受怕。做人要问心无愧、光明磊落，这样才能心安理得，不管发生什么事情也不会害怕。

苛政猛于虎

春秋时期，朝廷政令严酷，苛捐杂税名目繁多，老百姓生活极其贫穷困苦。有些人没有办法，只好举家逃离，到深山、老林、荒野、沼泽去居住，那里虽同样缺吃少穿，可是"天高皇帝远"，官府管不着，兴许还能活下来。

有一家人逃到泰山脚下，一家三代从早到晚，四处劳碌奔波，总算勉强活了下来。

这泰山周围，经常有野兽出没，这家人每天都过得提心吊胆。一天，这家的爷爷上山打柴遇上老虎，就再也没有回来。这家人十分悲伤，可是又无可奈何。

过了一年，这家的父亲上山采药，又一次命丧虎口。这家人的命运真是悲惨，剩下儿子和母亲相依为命。母子俩商量着是不是搬个地方呢？可是思来想去，实在是走投无路，天下乌鸦一般黑，没有老虎的地方有苛政，同样没有活路。这里虽有老虎，但未必天天碰上，只要小心，还能侥幸活下来。于是母子俩依旧在这里艰难度日。

又过了一年，儿子进山打猎，又被老虎吃掉了，剩下母亲一天到晚坐在坟墓边痛哭。

这一天，孔子和他的弟子们经过泰山脚下，看到正在坟墓边痛哭的这位母亲，她的哭声是那样凄惨。孔子在车上坐不住了，于是走下车，让学生子路上前打听，自己则在一旁仔细倾听。

子路问这位母亲："听您哭得这样悲伤，您一定有十分伤心的事，能说给我们听听吗？"

这位母亲边哭边回答说："我们是从别处逃到这里来的，住在这里好多年了。先前，我的公公被老虎吃了；去年，我丈夫也死在老虎口里；如今，我儿子又被老虎吃了，还有什么比这更痛心的事呢？"说完又大哭起来。

孔子在一旁忍不住问道："那你为什么不离开这个地方呢？"

这位母亲忍住哭声说："我们无路可走啊！这里虽有老虎，可是没有残暴的政令呀！这里有很多人家都和我们一样是躲避暴政才来的。"

孔子听后，十分感慨。他对弟子们说："学生们，你们可要记住：残暴的政令比吃人的老虎还要凶猛啊！"

【智慧解析】

在封建社会里，穷人永远是受剥削、受压迫的，这是由封建社会的社会性质所决定的。即便是孔子，也只能空发一声叹息，而不能对穷人有根本的帮助。

【精彩短评】

统治者的暴行比老虎还要吓人，告诫统治者要以仁治国，这样才能让百姓过上好日子。

掩耳盗铃

 故事

从前，有个人很爱占便宜，为了得到别人的东西，他竟然还会去偷！

有一天，他路过一个富贵人家的门口，发现门前挂着一口精美的钟。他喜欢得不得了，很想得到那口钟。

可是，怎样才能拿到钟呢？他试着搬了一下，可那口钟太重了，他实在搬不动。这可怎么办呢？

最后，他终于想出了一个办法——把钟砸碎带回家。可是砸钟时会发出巨大的声响，那样就会惊动钟的主人。

他转念一想，如果用棉花把耳朵塞住，不就听不到声音了吗？他觉得自己简直太聪明了，居然能想到这么好的办法！

于是，当天晚上，他用棉花塞住自己的耳朵，拿着锤子来砸钟。当他把锤子砸到钟上的时候，钟发出巨大的响声，惊动了钟的主人。主人发现有人要偷钟，马上把他抓了起来。

—•【智慧解析】

偷钟人把自己的耳朵捂起来，自己听不到声音了，就以为别人也听不到声音了，这其实是在自欺欺人。这个故事意在告诉我们，自作聪明的结果往往是自己欺骗自己，到头来只会是一场空。

　　世间万物都是客观存在的，不会因为你闭上眼睛、堵上耳朵就消失。明明掩盖不住的事实，却总要想法子掩盖，最后只能是自己欺骗自己，以致自食其果。因此，对于客观存在的事实，我们要正视它，一味地掩盖真相，甚至想着蒙混过关，都不是明智之举。

目不见睫

故事

　　楚庄王准备攻打越国，他把这个想法告诉了谋臣杜子。杜子问："不知大王出兵越国的理由是什么？"楚庄王说："越国目前政治腐败，兵力不足，正是攻打的好机会，我不想放过这个机会。"杜子又问："大王有成功的把握吗？"楚庄王十分自信地说："当然有把握。越国眼下正不堪一击，我出兵必定是马到成功！"

　　看着楚庄王那盲目自信的样子，杜子语重心长地说："大王，您所说的情况并不全对。越国目前的情况的确很糟，可是我们楚国的情况也很不妙啊。人的智慧跟人的眼睛一样，一个人可能常常深谋远虑，但往往想不到近忧，这就像人的眼睛常常看得很远却难以看清自己的睫毛一样。大王您能很清楚地看到越国的危机，却对楚国的不足缺乏足够的了解。您仔细想想，楚国的军队其实并不强大，曾被秦国、晋国打败，还丢失了几百里的疆土，这不是兵力不强的表现吗？楚国的政治也未必清明，像庄足乔这样的大强盗，可以在国内横行，肆意违法，而各级官吏却对他毫无办法，这不也是政治腐败的表现吗？依我看，楚国的情况要比越国的更加糟糕。大王您看不到这些，却还想着要对越国用兵，这不正像目不见睫那样缺乏自知之明吗？您是否想到别的国家也会像您对越国的考虑一样而对楚国虎视眈眈呢？因此，大王的当务之急应是认真把楚国自己的事办好才对呀！"

杜子的一番话，说得楚庄王如梦初醒，心服口服，他决定不去攻打越国，从此加强对楚国的治理，使楚国真正强大了起来。

【智慧解析】●——

我们在日常生活中也很容易犯目不见睫的错误，看到别人的缺点很容易，看到自己的不足则很难；考虑问题，常常去想将来很远的事，却难以把握眼前的情况。这种对待问题的态度和思维方式是不对的，如不进行矫正将是很危险的。

【精彩短评】●——

一个人应当注意反思，不要忽视自身的不足。

人往往不能清楚地看到自身的不足，而喜欢用挑剔的目光审视他人，我们应该试着用同样的目光看自己。正确地认识自己，有自知之明，是非常重要的。

书生救火

　　赵国成阳堪家失火了。火苗蹿上了房顶，但是家里没有梯子，全家人都很着急。

　　成阳堪立即派他的儿子成阳肭到奔水氏家里去借梯子。成阳肭从小读书，书念得不怎样，但却把读书人那套穷酸礼节学得有模有样。他立即换上一身出门做客的礼服，一摇三摆地去到奔水氏家里。见了奔水氏，连作三揖，然后登堂入室，毕恭毕敬地坐在客堂上。

　　奔水氏以为成阳肭做客来了，立即让家人摆设酒宴欢迎。成阳肭也向主人敬酒还礼。

　　喝完了酒，奔水氏问："您今天光临寒舍，一定有什么吩咐吧？"成阳肭这才说明来意：

　　"不瞒您说，我们家飞来横祸，被天火烧着了房子，熊熊烈火直蹿屋顶。想要登高浇水，可惜两肩没有长上翅膀，全家人只能跳脚痛哭。听说您家里有一架梯子，不知道能不能借我一用？"说罢，连连打躬作揖。

　　奔水氏听后，急得直跺脚："你也太迂腐了！迂腐透了！如果在山里吃饭，碰上老虎，一定会急得吐掉食物逃命；如果在河里洗脚，看见鳄鱼，一定会急得扔掉鞋子逃跑。家里烈火已经上房，现在是你打躬作揖的时候吗？"

奔水氏扛上梯子就往成阳胁家里跑。但是，成阳胁家的房屋早已被烧成灰烬了。

这个故事告诉我们：做事情要讲究时效，分清主次，雷厉风行。一味地循规蹈矩只会误事。

家里起火，救火迫在眉睫，但这个书生却以书本所学做指导，在向邻居借梯子时，讲起了繁文缛节，以致耽误了救火。书是死的，人是活的，拿书本上的"死知识"来简单套用于现实生活，其结果可想而知。做人做事，应该从实际出发，分清主次矛盾，切忌"读死书""死读书"。

事有轻重缓急，当有些事情比较重要时，那些不重要的事情就要先放在一边。要善于分清楚哪些事情重要，哪些事情不重要，不要像文中的书生一样，只顾繁文缛节，却对家中着了火不着急。读书是为了让人长智慧，而不是为了让人变成不知变通的书呆子。

施家和孟家

鲁国一户姓施的人家有两个儿子，大儿子爱学儒家的仁义之道，小儿子爱学军事。大儿子用他所学的儒家仁义思想去游说齐王，得到了齐王的赏识，被聘请为太子的老师。小儿子到楚国去，用他所学的军事思想游说楚王，在向楚王讲述自己的思想、观点时，讲道理、举例子，有条有理。楚王听了很高兴，觉得他是个军事人才，就封他为楚国的军事长官。这样，兄弟二人一个在齐国任职，一个在楚国做官，他们赚的钱多，家里很快富裕了起来。兄弟二人都有显赫的爵位，让他们家的亲戚朋友也觉得非常荣耀。

施家邻居中有一户姓孟的人家，家庭情况与施家相仿：家境并不富裕，也有两个儿子。大儿子与施家大儿子一样，好学儒家仁义之道，二儿子也是爱学兵法；两家的儿子还曾经在一道讨论学问，研究兵法。孟家为贫穷所困扰，生活很艰难。孟家看到施家这两年很快富裕起来，门口的车马来往不绝。来访的人员中有当兵的，也有当官的，荣耀非常，很羡慕施家。由于这两家一直都很友好，孟家就向施家请教让儿子取得官职的方法。施家的两个儿子就把自己怎样去齐国，怎样向齐王游说，如何到楚国，又如何对楚王游说和当官的经过如实地告诉了他们。

　　孟家两个儿子听到后，觉得这是个门路，于是大儿子准备到秦国去，二儿子准备到卫国去。

　　孟家大儿子到秦国后用儒家学说游说秦王。他向秦王讲得头头是道，口若悬河。秦王说："当前，各国诸侯都要靠实力斗争，能使国家富强的，无非是兵力、粮食。如果光靠仁义治理国家，就只有死路一条。"秦王心想：这个人固然有才能，但他要我用仁义之术治国就是想要我国不练兵打仗，不积粮食不富裕，这能行吗？于是，命令军士对他施行了最残酷的宫刑，然后将他赶出了秦国。孟家的二儿子到了卫国以后，用发展军事的主张游说卫王。他为了能让卫王采纳他的意见，能在卫国当官，向卫王进言时有条不紊地讲述自己的用兵之道。卫王听后说："我们卫国是弱小的国家，又夹在大国之间。对于比我们强的大国，我们的政策是要恭敬地侍奉它；对于同我们一样或比我们还要弱的小国，我们的方针是要好好地安抚它们，这才是我们求得安全的好方法。你提的军事治国固然不错，但如果我依靠兵力和权谋，周围的大国就会联手攻打我国，我们的国家很快就要灭亡。假若我放你平安回去，你必定会到别国去宣传你的主张，别的国家发展了军事力量再对外扩张，便会对我国造成很大的威胁。"卫王感到这个人既放不得又留不得，于是派人砍断了他的双脚，然后把他押送回鲁国。

　　孟家的两个儿子回到家里都已是残疾人了，全家人感到又悲又恨。父子三人找到姓施的人家，悲痛地责备施家。施家的人回答说："不论办什么事，顺应时势的才会成功、昌盛，违背时势的就会失败、灭亡。你们学的东西与我们相同，但是取得的效果却完全不同，为什么呢？这是由于你们选择的对象不同，又违背了时势啊。我们的做法和行为又有什么错呢？"

【智慧解析】

　　这个故事告诉我们：不论办任何事情，都必须考虑条件是否适合，对象选择得是否正确，要适应形势。对别人的经验不能死搬硬套，不然的话，必定会把事情办糟。

孟家的儿子一味照搬别人的经验，没有根据实际情况来考虑自己的主张与国情的差异，结果不但没有得到君主的赏识，反而受到了严厉的刑罚。

我们平时做事要根据具体情况，分析具体问题。

——【精彩短评】

做事应该顺应时势，否则容易遭遇失败。孟家的两个儿子之所以遭遇悲惨的下场还有一个原因，就是他们并没有认识到成功是不可复制的。他们可以学习施家儿子成功的经验，但是不加思考地一味照搬，没有考虑实际情况，自然无法获得成功。

鹬蚌相争

故事

　　战国时期，秦国最强，常常仗着优势去侵略那些弱小的国家。而弱国之间，也常常互有摩擦。

　　有一次，赵国声称要攻打燕国。当时，著名的纵横家苏秦有个弟弟叫苏代，也很善于游说。苏代受燕王的委托，到赵国去劝阻赵王出兵。

　　到了邯郸，苏代见到了赵惠文王。赵惠文王知道苏代是为燕国当说客来了，但明知故问道："喂，苏代，你从燕国到我们赵国来要做什么？"

　　"尊敬的大王，我给您讲故事来了。"

　　"讲故事？你要讲什么故事呢？"赵惠文王闻言不禁一愣。

　　接下来，苏代就给赵王讲了一个故事。

　　他说这次到赵国来，经过易水的时候，看见了一只蚌。它正张开双壳在河边晒太阳。忽然飞来一只水鸟，伸出长嘴去啄蚌的肉。蚌立刻用力合拢它的壳，把水鸟的嘴夹住了。这时候，水鸟对蚌说："不要紧，只要今天不下雨，明天不下雨，你就会晒死的。等你死了我再吃你的肉。"

　　蚌不服气，它回敬水鸟说："不要紧，只要你的嘴今天拔不出来，明天拔不出来，你也会活不成的。咱俩谁吃谁的肉，还说不定呢！"

　　它俩争吵不休，谁也不肯相让。

正在它俩争吵的时候，一个打鱼人走了过来。那人毫不费力地把它俩一起提拿去了。

苏代讲完了故事，严肃地对赵惠文王说："尊敬的大王，听说贵国要发兵攻打燕国。如果真的发兵，那么，两国相争的结果，恐怕要让秦国做渔人了。"赵惠文王觉得苏代的话很有道理，便放弃了攻打燕国的打算。

【智慧解析】

鹬与蚌互不相让，却让渔人从中获利。这则故事告诫人们一味地相互钳制往往会顾此失彼，让他人钻空子。在错综复杂的矛盾斗争中，要警惕真正的敌人。

【精彩短评】

处理事情的时候一定要注意外部情况，考虑事情一定要周全，不能将精力全都花在眼前的事情上面，不然当意外发生的时候，自己将会不知所措。

做事要懂得权衡得失，看清利弊，不能因为和对手相争而让第三者得利。

玉器和瓦罐

故事

　　韩昭侯平时说话不太注意，往往在无意间将一些重大的机密事情泄露了出去，使得大臣们的周密计划不能实施。大家对此很伤脑筋，却又不好对他直言。

　　有一个叫堂谿公的人。他很聪明，自告奋勇地对韩昭侯说："假如这里有一只玉做的酒器，价值千金，它的中间是空的，没有底，它能盛水吗？"韩昭侯说："不能盛水。"堂谿公又说："有一只瓦罐子，很不值钱，但它不漏，你看，它能盛酒吗？"韩昭侯说："可以。"

　　堂谿公因势利导，接着说道："这就是了。一个瓦罐子，虽然值不了几文钱，非常卑贱，但因为它不漏，却可以用来装酒；而一个玉做的酒器，尽管十分贵重，但由于它空而无底，因此连水都不能装，更不用说人们会将可口的饮料倒进里面去了。人也是一样，作为一个地位至尊的国君，如果经常泄露下臣商讨的国家机密，那么他就好像是一件没有底的玉器。即使是再有才干的人，如果他的机密总是被泄露出去，那么他的计划也无法实施。因此，就不能施展他的才干和谋略了。"

　　一番话说得韩昭侯恍然大悟，他连连点头说道："你的话真对，你的话真对。"

从此以后，凡是要采取重要举措，大臣们在一起密谋策划的计划、方案，韩昭侯都小心对待，慎之又慎，连晚上睡觉都是独自一人，因为他担心自己在熟睡中说梦话时把计划和策略泄露出去，以致误了国家大事。

──•【智慧解析】

针对韩昭侯说话不太注意，总是泄露国家机密的事情，堂谿公对韩昭侯做了一番暗示，之后又表明了自己的观点。这则故事体现堂谿公的聪慧和韩昭侯善于纳谏。

──•【精彩短评】

有智慧的人善于说话，能从日常生活中的小事引出治国安邦的大道理。大家劝说人的时候一定要善于讲究方法，这样才能让自己的意见更容易被人听进去。

能够虚心接受意见、不唯我独尊的人，才能成为明智的领导者。

百里负米

故事

　　周朝春秋时候，鲁国有一个孩子，名叫仲由。他出生在一个贫困的家庭，为了填饱肚子，他经常跟随父母到山上挖野菜，采野果。

　　可是，他的父母亲身体多病，不能经常吃野菜。怎么办呢？

　　那时候，他的家离集市很远，想要买到米粮，需要走上百里的路程。为了让父母亲吃到米饭，仲由不怕苦，不怕累，要去百里之外买米，再把沉重的米袋背回家。

　　夏天，炎热的太阳烘烤着大地，仲由背着米，走在路上，汗水湿透了衣襟；冬天，刺骨的寒风阵阵吹过，仲由单薄的身子在风中颤抖，不知道在冰雪上摔倒多少次……

　　即便如此，仲由也毫不在意。他想："只要父母亲能吃到米，再苦再累，我也不怕！"当他看到父母亲吃着香喷喷的米饭时，仲由的心里开心极了！

　　就这样，不论刮风下雨，不怕酷暑严寒，仲由始终坚持着去百里之外背米。他的孝行在乡亲们的口中流传着。

　　后来，仲由长大了，楚王敬佩他的德行，请他到楚国做了官，并赏赐给他万斗米粮和上百辆马车。从此，仲由过上了衣食丰足的日子。

遗憾的是，这时候，他的父母亲已经过世了。每当想起父母，回忆过去艰难的岁月时，他都会忍不住流下眼泪，心想："如果父母亲能健康地活着，过上安康的日子，那该多好啊！"

——●【智慧解析】

仲由非常孝敬父母，担心父母营养不够，身体不好，故而从百里之外背米奉养他们。父母去世后，他感叹连百里负米的机会都没有了。这个故事告诫人们能孝敬父母、孝养父母的时间是一日一日递减的。如果不能及时尽孝，会留下终身的遗憾。

——●【精彩短评】

如果不能在父母健在的时候奉养他们，等到想要报答、感恩时，很可能为时已晚。

守株待兔

故事

　　相传在战国时期，宋国有一个农民，他日出而作，日落而息，遇到好年景，也不过刚刚吃饱穿暖；一遇灾荒，就要忍饥挨饿了。他想改善生活，但因为太懒，胆子又特别小，干什么都是又懒又怕，总想坐等送上门来的意外之财。

　　奇迹终于发生了。深秋的一天，他正在田里耕地，附近有人在打猎。吆喝之声此起彼伏，受惊的动物没命地奔跑。突然，有一只兔子，不偏不倚，一头撞死在他田边的树桩上。

　　当天，这个农民美美地饱餐了一顿。从此，他便不再种地了。一天到晚，他就守着那个神奇的树桩，等着奇迹再次出现。

【智慧解析】

　　一个人在一次偶然的机会得到了一只死兔子，于是就什么都不做，只等待奇迹的再次发生。这样的人是愚蠢的，因为他错将偶然当成了必然。

──•【精彩短评】

　　故事中的农民抱着不切实际的幻想，注定了他后来的悲惨生活。能被称为意外的事件自然是很少发生的，与其指望概率微乎其微的意外事件发生，还不如脚踏实地，用自己的双手去创造美好生活。

牛缺遇盗

　　牛缺，是一位在上地一带声望很高的饱学之士。有一次，他要去邯郸拜见赵国国君，途经耦沙时，遇上了一伙强盗。强盗抢走了他的牛车及随身衣物，他只好步行。强盗在一旁看到这人对被劫之事并不在意，脸上连半点儿忧愁的表情都没有，心中不免生疑，便追上去问个究竟。

　　牛缺坦然地回答说："一个有德行的人，不应当因丢失一点儿供养自己的财物而去与人争斗，这样会危害它所供养的人的安全啊。"

　　强盗们听后，同声称赞道："这真是一个贤德之人啊！"他们望着牛缺渐渐远去的背影，忍不住又商议："如此贤德之人去拜见赵国的国君，必会受到重用。他如果在国君面前告发了我们的强盗行径，我们一定会大难临头。因此，还不如先下手为强。"于是，这伙强盗再一次追上牛缺，把他杀掉了。

　　有个燕国人听说了这件事后，就将全家族的人集合起来，告诫他们："今后谁遇上了强盗，可千万别学牛缺那样以贤德求忍让呀！"大家都牢牢记住了这个教训。

　　不久，这个燕国人的弟弟要到秦国去，一行人来到函谷关下，遇上了强盗。他想起了哥哥临别时的告诫，始终不肯轻易舍弃财物，实在斗不过这伙强盗时，他又跪在地上，低三下四地哀求强盗以慈善为本，退还抢走的财物。

强盗们被纠缠得大怒了，忍不住厉声喝道："我们没有要你的性命，就已经够宽宏大量了。你现在还要死死地缠住我们索要财物，这不就把我们的行迹暴露了吗？我们既然已经做了强盗，哪里还有什么慈悲仁义可言？"只见这伙人手起刀落，将那个燕国人的弟弟杀了，同时还杀害了与之同行的四五个伙伴。

—•【智慧解析】

牛缺与燕人被害的悲剧警醒后人：对于杀人不眨眼的强盗，既不能讲"贤德"，也不能苦苦哀求；只有丢掉幻想，团结斗争，战而胜之，才是唯一正确的选择。

—•【精彩短评】

因为盲目地效仿和生搬硬套，最终害人害己。一切当从实际出发，因势而动，在生死攸关之际，以智取胜才是唯一途径。

鬼怪为害

有一个鬼降临到楚地，它欺骗吓唬当地百姓说："天神派我来统治你们这块土地，我可以降祸，也可以赐福，就看你们的态度和表现了！"

当地百姓十分害怕，他们诚惶诚恐地顺从鬼的要求，唯恐怠慢了它。人们把鬼迎进庙里供奉起来，每天为它杀猪宰羊，对它顶礼膜拜，向它进献钱财。鬼越来越得意，百姓的生活却越来越贫苦。

街市上一帮流氓无赖平素横行霸道，为害一方。他们见到鬼的势头大，便都纷纷前往依附于鬼。他们在鬼的面前又是磕头又是作揖，一副奴颜媚骨。时间一长，他们身上也都鬼气缠身，说话、办事、言行举止都与那恶鬼一模一样。这些坏蛋依仗鬼势，专横跋扈，对百姓肆意欺凌，害得老百姓日夜不得安宁，蒙受着恶鬼和这帮流氓所带来的深重灾难。

恶鬼和坏蛋在楚为害的事情终于被天神知道了。于是，天神亲自来到楚地，他指着鬼愤怒又蔑视地斥责道："你这恶鬼，原来只不过是个小小鬼怪，却要人们把你供在庙里，享受着人们的祭祀；不但自己作威作福，还助长当地流氓的歪风邪气，今天我就来收拾你！"

天神说罢，发出了千钧霹雳，摧毁了鬼盘踞的庙宇，那帮地痞流氓也一同被霹雳劈死了。

从此，楚地的鬼害得以平息，人们得以安宁。

——●【智慧解析】

恶鬼害人，恶势力也假借鬼势欺压百姓，可是，这些害人虫终究不可能永远横行霸道，总有一天会被正义消灭干净。

——●【精彩短评】

有的恶人喜依附其他有势力的恶人来做恶。这种行为是没有好结果的，因为正义总会战胜邪恶。至于那些仗势欺人的恶人，自然也不会有好结果。

当受到欺负，权益受到侵害的时候，我们应该团结起来，不能让对方为所欲为，不然会助长他们的嚣张气焰，使他们变本加厉，更加猖狂。

螳螂法官

　　螳螂调到蜗牛、水螅界当法官后，仍然一成不变地按昆虫界刑法进行审判。

　　一天，它威严地站在审判席中央，用镰刀似的前脚举起判决书：

　　"绿水螅害死同胞，罪大恶极，证据确凿，判处死刑，立即执行。死刑执行方式是用刀把脑袋割成两半。"

　　绿水螅听到这个判决，心里暗暗好笑。场内，顿时议论纷纷。

　　"安静！安静！"螳螂接着又宣布，"贪嘴蜗牛偷吃禁食植物，犯罪情节轻微，根据刑法第一百五十一条规定，切掉触角予以教训。"

　　贪嘴蜗牛立即昏了过去，别的蜗牛也都愤愤不平：

　　"法官大人，你判得太重了。"

　　"是啊，这不要了他的命吗？"

　　"你不知道，我们蜗牛的眼睛是长在……"

　　"胡说！"没等它们说完，螳螂就拍着石桌大叫道，"是你们是法官，还是我是法官？谁再敢捣乱，我就拘捕他！"

　　大伙都不敢吱声了。

　　蜗牛的眼睛是长在长触角上的，短触角则是它们的"鼻子"。贪嘴蜗牛被切掉两对触角后，再也看不见东西，闻不到气味，找不到食物了，没过几天就死了。

而绿水螅呢？它的再生能力很强，脑袋被割成两半后，不但没有死，还长成了两个脑袋。从此，水螅的犯罪情况越来越严重。

蜗牛们向低等动物界最高法院告螳螂法官的状。

螳螂法官被撤了职。它很不服气，申辩说："以前我在昆虫界当法官的时候，一直是按这个刑法审判的，谁都说我是个最公正的'铁包公'；现在，我还是按这个刑法审判，为什么要撤我的职？"

"就是因为这个才撤了你的职。蜗牛、水螅和昆虫的生理结构有许多截然不同的地方，你却还是按昆虫刑法判刑，结果使犯了轻罪的贪吃蜗牛丧了命，而犯了重罪的绿水螅却没有受到应有的惩罚。"

螳螂法官听了垂下了头。

──•【智慧解析】

故事中的螳螂法官自认为公平、公正，但是他在工作之前并没有调查清楚，在蜗牛、水螅界应该怎样审判才公平，导致轻罪重判，重罪轻判，最后自己也被撤了职。

──•【精彩短评】

不管做什么事情，都要对其进行充分了解，不能凭着自己的主观臆断来行事。

钓鱼的诀窍

　　一天，一个叫林子的人在横水边散步。河水平静如镜，清澈见底，有两位老汉在河边钓鱼，他们一人蹲在一块石头上，神情十分专注。

　　这时，林子看到其中一个老汉一次又一次地起竿，不断地将钓上来的鱼放进鱼篓；而另一位老汉的鱼篓里却空空的，他一条鱼也没钓到。这位没钓到鱼的老汉有些沉不住气了，他跑到那位钓了很多鱼的老汉身边，对那位老汉说："老哥，您已钓了这么多的鱼了，而我，从一早到现在连一条鱼也还不曾钓到。咱俩用的鱼食一样多，钓钩下去得一样深，可是结果却完全不一样，这到底是怎么回事呢？"

　　那位钓鱼多的老汉说："您是问我钓鱼的方法吗？其实也没有什么特别的方法。只不过我有这样一些体会：比如说，在开始放下钓钩时，我心里想的并不是钓鱼这件事，因此，我不急不躁。我的眼睛也很平和而不是四下搜索张望，我的神情也不变，鱼就放松了戒备，忘记了我是钓鱼人。它们在我的钓钩旁游来游去，因此很容易上钩，我也就容易钓到鱼了。你呀，你老是想着鱼，心情十分急切，眼睛老是看着游来游去的鱼，这样你的神情变化太多，太明显，鱼看到你这副神态，就会十分紧张，自然都被吓跑了，那又如何钓得到鱼呢？"

听了这番解释，没钓到鱼的老汉才恍然大悟。于是，他按那位老汉说的去做，静下心来，全神贯注。果然不大一会儿工夫，他也接连钓上来好几条鱼。

林子始终在一旁观察。他听到那位老汉的一番话，深有同感地叹道："说得真好啊！要想实现自己的目标，就一定得认真专注地按规律办事啊！"

──●【智慧解析】

两个老汉钓鱼，外部条件一样，因为专注程度不一样，所以结果也不一样。可见，无论做什么事，都得排除干扰，专心致志地按规律办事，才能有好的效果。

──●【精彩短评】

不管做什么事情，都不应该急躁，急躁就会让事情变得混乱，反而不容易将事情做好。在做事的过程中，一定要专心致志，不被外界所干扰，才能更好地掌握事情发展的动态。

豁达先生

江南松江县有一个姓吕的人，乡试中榜上有名，考上了廪生。他这个人性格很豪放，给自己取了个外号叫"豁达先生"。

有一天的午后，豁达先生到县西某镇拜会朋友后回家，路过西乡，天色渐渐地黑下来了。刚刚翻过一个小山坡，穿过一畦菜地，忽然看到一个妇人身材苗条，脸上搽着淡粉，画着浓眉，急急忙忙地拿着绳索向前走着。她望见了吕廪生，略停了一下，便跑到路旁一棵大树下躲起来了，但手中所拿的绳索却丢失在地上。吕廪生走到绳索前，从地上拾起绳索看了一下，原来是一条草绳。他仔细闻了一下，上面有一股阴冷腐臭的气味。他马上明白过来，这可能就是别人讲的"吊死鬼"，便将草绳藏到怀里，若无其事地一直朝前走。

豁达先生正朝前走着，那个妇人从树后走了出来，不一会儿走到前面拦住了他的路。吕廪生从路的左边走，她就拦住左边；向右边走，她就拦住右边。左边走，左边拦；右边走，右边拦，反复多次，豁达先生总也走不过去。天渐渐黑了下来了……豁达先生心想：这就是大家所说的"鬼打墙"了吧。你"鬼打城"我都不在乎，更何惧你"鬼打墙"！于是他不顾一切地便向前硬冲撞过去。

那"吊死鬼"拦不住他，突然大叫一声，马上变成披头散发，满口、满脸都在不断流着血的凶恶样子。舌头也从口中伸了出来，越伸越长，一会儿就伸了一尺有余。她向着姓吕的跳跃过来。姓吕的对这个"吊死鬼"说："你刚才搽着粉，画过眉，打扮得漂亮的样子是想迷惑我；接着拦住我走路，不让我回家是想遮拦我；现在又变作这么副穷凶极恶的样子来，是想以此吓唬我。这又有什么用呢？你的三套本领都用了，我还是不怕的。我看你再也没有其他的本领使出来了吧！你还不知道我这个人，我就是豁达先生。你知道我这个豁达先生吗？"女鬼听了这番话后，只得恢复了原形，立即跪在地上向吕凛生跪拜不止，然后急急忙忙地走开了。吕凛生豁达先生仍然迈开大步向前走去。

—●【智慧解析】

这个故事告诉人们：一个人在前进的路上只要不受假象的迷惑，不畏困难的阻拦，不怕恶势力的恐吓，勇往直前，就会战胜困难，取得胜利。

—●【精彩短评】

不要害怕眼前的困难，勇往直前，你会发现这些困难并没有什么可怕的。

寻找隐身叶

从前，楚地有个人，非常贪心，却又不愿意好好做事，自己养活自己，总想很容易地发大财。于是，他找了一大堆讲闲闻逸事的书回来研究，还成天念叨："怎么才能轻而易举弄到一大笔钱呢？"指望能从这些书中找到不劳而获的窍门。

一天，他在看一本叫《淮南子》的书，可看了很久，还是一无所获，不禁很失望，准备干脆睡觉去算了。忽然，他的眼睛落在随便翻到的一页上，就定住了。只见书上有这么一句话："人如果能得到螳螂捕蝉时用来隐蔽自己的那片树叶，就可以隐形。"

这个人信以为真，大喜过望，扔下书就急急忙忙地跑到山上的树林里去找那片隐身树叶。他仰着脸到处仔细地看啊，找啊，几个时辰下来，脖子酸痛酸痛的，难受极了。

功夫不负有心人，他终于找到了。在一片树叶后面，一只螳螂潜伏着，伺机扑向身前的蝉儿。这个人忙爬到树上，把这片叶子摘下来，如获至宝般地捧在手里。忽然一阵风吹过来，叶子飘落到了地上，和之前落下的厚厚一层落叶混在了一起。这人跑过去，瞪大眼睛看了又看，怎么也分辨不出究竟哪一片才是他刚摘到的树叶。无奈，他只得把这一大堆树叶全都扫进背篓，带了回去。

回到家里，他把带回来的树叶全都倒在地上，顺手拿了一片挡在脸前问妻子："喂，你看得见我吗？"妻子正忙着做家务，随便瞟了他一眼，漫不经意地回答："看得见！"这人就又拿了一片叶子遮住脸问："你看得见我吗？"妻子还是回答说："看得见！"

这样反反复复问了几百遍，妻子每次都回答"看得见"。到最后，妻子实在是不耐烦了，就随口敷衍地说："看不见了，看不见了！"这人听了，以为终于找到隐身树叶了，顿时欣喜若狂。他将树叶小心地藏在身上，手舞足蹈地对妻子说："你在家里等着吧，我们马上就要发大财，过好日子了！"说完，也不顾妻子一脸的惊诧，就自个儿跑到集市上去了。

集市上做生意、买东西的人熙熙攘攘，热闹非凡。大大小小的铺子里各色货物应有尽有：衣服、鞋子、首饰……真是琳琅满目，这个人眼睛都看花了。终于，他看中了一件贵重的头饰，便取出叶子遮住脸，伸手就往柜台里去拿。店里的伙计先是吃惊地看着他，不明白他为什么这么猖狂。后来，伙计很快回过神来，一把抓住他的手大叫道："来人哪，快来抓窃贼啊！"附近的人闻声赶来，把这个人扭送到了县衙。

─●【智慧解析】

这个贪财的人利欲熏心，甚至丧失了理智，可见贪心有多么可怕。像他这样被物质利益迷住了心窍，不惜去做损害别人的事，必然会得到被绳之以法的下场。

─●【精彩短评】

想要赚钱，就必须拥有赚钱的本事。天上不会掉馅饼，没有人能够白白得到许多钱，不劳而获的方法是不可能长久的。

那些总是想着不劳而获的人终究会走上邪路，甚至做出犯法的事情，最后只会落得可悲的下场。与其把精力用在研究怎么样找到不劳而获的窍门上，还不如将功夫下在如何通过正道致富上。

远虑与近忧

故事

　　喜鹊的巢筑在高高的树顶上，到了秋天，一刮起大风，鹊巢便随着树枝摇摇晃晃，简直像要把整个巢翻下来一样。每到这时，喜鹊和它的孩子们就蜷缩在窝巢中，惊恐万状，害怕得连大气都不敢出。

　　有一种喜鹊就很聪明，在夏天还未到来的时候，它就想到了秋天，预料到秋季肯定会经常刮大风，这可真是有远见的喜鹊。为了保障住所未来的安全，它果断地决定立即搬家。于是，它不辞辛苦地寻找安全的处所，终于选中了一处粗大低矮的树的枝丫。这地方低矮踏实，上面有浓密的枝叶遮挡，大风也撼动不了这个粗大稳固的矮树丫。然后，喜鹊又不顾辛苦地将原来的巢从高高的树顶上搬了下来。它将那些搭窝的枝条、草叶，一根根、一片片地搬到低矮粗大的枝丫上，筑起了新居。新筑的窝巢真的舒适又安全，喜鹊一家再也不怕刮大风了。

　　夏天到了，大树浓密的树荫下真凉快，过往行人都不免要到树荫下歇凉。人们在树荫下一抬头就看到了喜鹊的窝巢，再一伸手，就可以轻易地掏到窝巢中的小喜鹊或喜鹊蛋。人们觉得挺有趣的。于是，窝巢里的小喜鹊或喜鹊蛋经常被人掏走。小孩子们看到大人们这样做，就也来掏小喜鹊和喜鹊蛋。尽管小孩子们个子矮够不着喜鹊窝，可是他们想办法找来竹竿，用竹竿捅巢里的小喜鹊和喜鹊蛋。

可怜的喜鹊这下更遭殃了，秋季还远远没到，它的住所就被破坏得不成样子了。它虽然考虑到了防患未来的灾患，却没想到眼前的危险，结果还是没能避过灾难。

【智慧解析】●—

这则故事告诉我们：当我们在计划长远的未来时，千万不要忘了眼下。如果不能兼顾眼下与将来，考虑问题或做事情欠周全的话，都会遭受损失。

【精彩短评】●—

有些人总是计划得很长远，将未来的事情考虑得非常周到，但是也要顾及眼前的事情。现在都过不好，还谈什么未来呢？

亡羊补牢

故事

　　从前有一个牧民，养了几十只羊。他白天放牧，晚上把羊赶进一个用柴草和木桩等物围起来的羊圈内。

　　一天早晨，这个牧民去放羊，发现羊少了一只。原来羊圈破了个窟窿，夜间有狼从窟窿里钻了进来，叼走了一只羊。邻居劝告他说："赶快把羊圈修一修，堵上那个窟窿吧。"

　　他说："羊已经丢了，还去修羊圈干什么呢？"没有接受邻居的好心劝告。第二天早上，他去放羊，发现又少了一只羊。原来狼又从窟窿里钻进羊圈，又叼走了一只羊。这个牧民很后悔没有接受邻居的劝告，以便及时采取补救措施。他赶紧堵上那个窟窿，又从整体进行加固，把羊圈修得牢牢实实的。

　　从此，这个牧民的羊就再也没有被狼叼走过了。牧民的故事告诉我们：犯错误，遭到挫折，是常有的事。只要能认真吸取教训，及时采取补救措施，就可以避免继续犯错误，避免遭受更大的损失。

　　─●【智慧解析】

　　这篇故事告诉我们：一是知道错了要马上改正，不要一错再错，这样才能防止更大的损失；二是不要对存在的失误抱有侥幸心理，理所当然地认为失误产生只是意外，不会再次发生。

不怕做错事，就怕做错了不及时改正。更重要的是，不能一错再错。只有认真吸取教训，及时采取补救措施，才可以避免继续犯错误，避免遭受更大的损失。

后来居上

汉武帝时，朝中有三位有名的臣子，分别叫汲黯、公孙弘和张汤。这三个人虽然同时在汉武帝手下为臣，但他们的情况却很不一样。汲黯进京供职时，资历已经很深且官职也已经很高了，而当时的公孙弘和张汤两个人还只不过是个小官，职位低得很。可是由于他们为人处事恰到好处，加上政绩显著，因此，公孙弘和张汤都一步一步地被提拔起来，直到公孙弘封了侯又拜了相，张汤也升到了御史大夫，两人官职都排在汲黯之上了。

汲黯这个人原本就业绩不及公孙弘、张汤，可他又偏偏心胸狭窄，眼看那两位过去远在自己之下的小官都已官居高位，心里很不服气，总想要找个机会跟皇帝评评这个理。有一天散朝后，文武大臣们陆续退去，汉武帝慢步踱出宫，正朝着通往御花园的花径走去。汲黯赶紧趋步上前，对汉武帝说："陛下，有句话想说给您听，不知是否感兴趣？"汉武帝回过身停下，说："不知是何事，不妨说来听听。"汲黯说："皇上您见过农人堆积柴草吗？他们总是把先搬来的柴草铺在底层，后搬来的反而放在上面，您不觉得那先搬来的柴草太委屈了吗？"

汉武帝有些不解地看着汲黯说："你说这些，是什么意思呢？"汲黯说："你看，公孙弘、张汤那些小官，论资历，论基础，都在我之后，可现在他们却一个个后来居上，职位都比我高多了，皇上您提拔官吏不是正和那堆放柴草的农人一样吗？"几句话说得汉武帝很不高兴，他觉得汲黯如此简单、片面地看问题，是不通情理的。他本想贬斥汲黯，可又想到汲黯是位老臣，便只好压住火气，什么也没说，拂袖而去。此后，汉武帝对汲黯更是置之不理，他的官职也只好原地踏步了。

【智慧解析】

后来者居上，原本是事物发展的客观规律。汲黯认为提拔人才一定要论资排辈，反对后来居上，是不可取的。

【精彩短评】

选拔和任用人才，应该能者居之，不宜论资排辈。同时，落后和先进也不是一成不变的，普通的人如果努力提升自己，奋力直追，也可能后来居上。

中华传统文化国粹经典文库书目

	第一辑		
序号	书名	作者/编者	导读者
1	三国演义	[明]罗贯中/著	郑铁生
2	水浒传	[明]施耐庵/著	宁稼雨 石 麟
3	西游记	[明]吴承恩/著	孟昭连
4	红楼梦	[清]曹雪芹 高 鹗/著	郑铁生
5	镜花缘	[清]李汝珍/著	欧阳健
6	白话聊斋	[清]蒲松龄/著	王晓华
7	阅微草堂笔记	[清]纪 昀/著	吴 波
8	西厢记	[元]王实甫/著	周传家
9	世说新语	[南朝宋]刘义庆 等/著	侯忠义
10	山海经	[汉]刘 歆/编	马文大
11	道德经	[春秋]老 子/著	王 蒙
12	四库全书	[清]纪 昀 等/编	林 骅
13	唐诗三百首	立 人/编	徐 刚
14	元曲三百首	立 人/编	查洪德
15	宋词三百首	立 人/编	韩小蕙
16	中华成语典故	立 人/编	陈世旭
17	中华寓言故事	立 人/编	陈世旭
18	颜氏家训	[南北朝]颜之推/著	孙钦善
19	治家格言	[清]朱伯庐/著	李硕儒
20	了凡四训	[明]袁了凡/著	俞 前
21	增广贤文	立 人/编	孙立仁
22	牡丹亭	[明]汤显祖/著	周传家
23	随园诗话	[清]袁 枚/著	潘务正
24	人间词话	王国维/著	陈世旭
25	楚 辞	[战国]屈 原 等/著	石 厉
26	吴越春秋	[东汉]赵 晔/著	田秉锷
27	菜根谭	[明]洪应明/著	俞 前
28	小窗幽记	[明]陈继儒 等/著	陈喜儒
29	围炉夜话	[清]王永彬/著	陈喜儒
30	浮生六记	[清]沈 复/著	王晓华
31	传习录	[明]王阳明/著	王建新
32	说文解字	[东汉]许 慎/著	冯 蒸
	第二辑		
序号	书名	作者/编者	导读者
1	史 记	[西汉]司马迁/著	关四平
2	资治通鉴	[北宋]司马光/编	张秋升
3	春秋左传	[春秋]左丘明/著	石定果
4	战国策	[西汉]刘 向/编	李瑞兰
5	汉 书	[东汉]班 固/著	关四平
6	三国志	[晋]陈 寿/著	郑铁生
7	古文观止	[清]吴楚材 吴调侯/编	牛 倩
8	论 语	[春秋]孔 子 等/著	石 厉
9	孟 子	[战国]孟 子/著	邵永海

序号	书名	作者 / 编者	导读者
10	庄 子	[战国] 庄 子 / 著	尚学峰
11	荀 子	[战国] 荀 子 / 著	尚学峰
12	管 子	[春秋] 管 子 等 / 著	官 铎
13	墨 子	[战国] 墨 子 等 / 著	陈鹏程
14	韩非子	[战国] 韩 非 / 著	邵永海
15	列 子	[战国] 列 子 / 著	陈鹏程
16	鬼谷子	[战国] 鬼谷子 / 著	张世林
17	淮南子	[西汉] 刘 安 等 / 著	张秋升
18	诸子百家	立 人 / 编	张弦生
19	孔子家语	孔子门人 / 编	薄克礼
20	吕氏春秋	[战国] 吕不韦 等 / 编	田秉锷
21	礼记·尚书	[西汉] 戴 圣 / 著	冯 蒸
22	三言二拍	[明] 冯梦龙 凌濛初 / 著	宁宗一
23	隋唐演义	[清] 褚人获 / 著	欧阳健
24	聊斋志异	[清] 蒲松龄 / 著	林 骅
25	儒林外史	[清] 吴敬梓 / 著	吴 波
26	东周列国志	[明] 冯梦龙 / 著	侯忠义
27	弟子规·千家诗	[清] 李毓秀 / 著 [南宋] 谢枋得 王 相 / 编	郑铁生
28	孙子兵法·三十六计	[春秋] 孙 武 / 著	李海涛
29	容斋随笔	[南宋] 洪 迈 / 著	李硕儒
30	纳兰词	[清] 纳兰性德 / 著	李硕儒
31	豪放词·婉约词	立 人 / 编	韩小蕙
32	唐宋散文八大家	立 人 / 编	卓 然

第三辑

序号	书名	作者 / 编者	导读者
1	中华上下五千年	立 人 / 编	林海清
2	二十五史	立 人 / 编	林海清
3	四书五经	立 人 / 编	张弦生
4	智囊全集	[明] 冯梦龙 / 编	周传家
5	贞观政要	[唐] 吴 兢 / 著	张弦生
6	诗 经	[春秋] 孔 子 / 编	石 厉
7	孝 经	[春秋] 孔 子 / 著	田秉锷
8	挺 经	[清] 曾国藩 / 著	王建新
9	易 经	立 人 / 编	李树果
10	冰 鉴	[清] 曾国藩 / 著	陈喜儒
11	糊涂经	立 人 / 编	周传家
12	周易全书	立 人 / 编	郑铁生
13	黄帝内经	立 人 / 编	廉玉麟
14	本草纲目	[明] 李时珍 / 著	廉玉麟
15	三字经·百家姓·千字文	[南宋] 王应麟 [南北朝] 周兴嗣 / 著	乔卉林
16	大学·中庸	[春秋] 曾 子 [战国] 子 思 / 著	牛 倩
17	曾国藩家书	[清] 曾国藩 / 著	武道房
18	唐诗·宋词·元曲	立 人 / 编	卓 然
	未完待续……